Simona Burgio

Il gioco

Edizione: *Agosto 2020*
Titolo originale: *Il gioco*
©2020 by *Simona Burgio*
Proprietà letteraria e artistica riservata
Revisione e progetto grafico di copertina:
Athaena Publishing & Graphics

Parti e cerca di continuare a sorridere. Trovati un po' di rock and roll alla radio e vai verso tutta la vita che c'è, con tutto il coraggio che riesci a trovare e tutta la fiducia che riesci ad alimentare. Sii valoroso, sii coraggioso, resisti. Tutto il resto è buio.

Stephen King

Amelia

Conoscere un nuovo paziente mi suscita sempre una certa euforia. Studio con attenzione la sua scheda, prima di incontrarlo. Esamino la storia clinica e controllo la documentazione medica rilevante. Il primo incontro è molto importante. La fiducia è alla base del mio lavoro. Se non si fidano di me, rischiano di farsi molto male. Inoltre bisogna avere capacità interpersonali per comunicare con gli assistiti e le loro famiglie. Ci vuole empatia. Lavoro con pazienti che hanno problemi funzionali derivanti da distorsioni, stiramenti, fratture, infortuni sul lavoro o sportivi. Disturbi neurologici come paralisi cerebrali o ictus. Migliorare la loro qualità di vita è il principale obiettivo. Lavoro nel centro di riabilitazione di Cape Cod, nel Massachusetts, e mi occupo anche di assistenza domiciliare. È impegnativo dal punto di vista fisico: servono forza e resistenza per sollevare e spostare i pazienti. Ecco perché mi tengo in costante allenamento.

«La signora Ellis ti aspetta alle nove, abita fuori città. Questo è l'indirizzo.»

«Grazie Debra.»

«È un po' fuori mano» dice massaggiandosi il pancione, manca poco al parto.

«Arriverò a destinazione sana e salva, non preoccuparti.»

Da quando è incinta si preoccupa più del solito.

«Inserisci l'indirizzo su Google Maps.»

Annuisco, mentre prendo l'attrezzatura e mi preparo per la lunga passeggiata fuori città.

«Stai attenta, quella zona è isolata e con questo tempo chissà quanti psicopatici ci sono in giro.»

Le sorrido senza rispondere. È fissata con gli psicopatici che, secondo lei, saltano fuori all'improvviso dai cespugli.

«Ci vediamo dopo, non stressare il bambino.»

«Lo so, devo fare respiri profondi e immaginare che quella sia una zona tranquilla e che non ti succederà nulla.»

Quando perde il controllo, la mia referente è adorabile. Le guance si gonfiano e si sgonfiano mentre inspira ed espira. Sembra uno scoiattolo con le lentiggini. Si alza sporgendosi sul bancone dell'accoglienza e il ciuffo biondo le finisce davanti agli occhi.

«La signora Ellis vive in una villetta sulla spiaggia e non è periodo di villeggiatura. Appena arrivi scendi dalla macchina e fila dentro casa. Non fermarti a osservare la natura e non pensare di fare una corsetta a riva.»

«Credo che la mia paziente sia abbastanza innocua.»

«Non mi preoccupo di lei, la conosco. È stata qui al centro per un mese, ma…»

«Devo andare.»

Le do un bacio sulla fronte. Anche rassicurarla è un lavoro a tempo pieno.

Prima di arrivare nel parcheggio, un uomo alto e affascinante mi raggiunge. Indossa il camice e sorride raggiante. I capelli castani ben pettinati. Il viso fresco di rasatura. Le spalle larghe, risultato di un allenamento costante. Siamo andati spesso a correre insieme. Ricordo con piacere le lunghe corse all'alba e le docce che seguivano nel bagno del mio appartamento.

«Ciao Amelia.»

«Ciao Jonas.»

Anche adesso mi piace il suo sorriso e le piccole rughe che si formano ai lati degli occhi castani.

«Debra mi ha detto che assisterai la signora Ellis.»

Annuisco.

«L'ho operata io.»

Annuisco di nuovo.

«Se ti servono informazioni, sono a tua disposizione.»

Sa bene che tutte le informazioni che mi servono sono nella cartella clinica che ho già visionato. Apprezzo il gesto però.

«Grazie Jonas.»

Non lo chiamerei mai dottor Mitchell, non dopo la nostra breve relazione. È un chirurgo straordinario, il più giovane e determinato del centro. Ha solo un difetto: voleva una relazione seria. Non ero e non sono pronta per certe cose. Non tutte le donne sognano un rapporto stabile prima dei trent'anni.

Ci siamo lasciati con serenità, ma non perde occasione di ricordarmi quanto sia stato bello il tempo passato insieme. Mi guarda speranzoso, come se aspettasse un cenno di interessamento da parte mia. Non lo avrà. È carino e gentile, ma non fa per me.

«Amelia» dice fissandomi. «È tutto a posto? Voglio dire, tra noi?»

«Certo!» esclamo come se fosse la cosa più ovvia.

«Quindi possiamo uscire per una birra, qualche volta?»

«Qualche volta.»

Se dimostrasse insicurezza in sala operatoria, come sta facendo davanti a me, non sarebbe un chirurgo così bravo.

«Devo andare, scusami.»

«Sì, certo. Ci vediamo.»

Non provo ciò che prova lui e un po' mi dispiace, ma sono fatta così e sono stata sincera.

Lo saluto con un cenno della mano ed esco dal centro, mentre ripasso mentalmente le informazioni sulla paziente. Guido con prudenza, l'asfalto è scivoloso e la pioggia non accenna a diminuire. Svolto nella stradina privata circondata da alberi enormi fino ad arrivare a destinazione. Debra aveva ragione, la casa è sulla spiaggia e piuttosto isolata. Le mando un messaggio per avvisarla che sono arrivata tutta intera. Scendo dalla macchina e corro verso il portico. Suono il campanello e aspetto. Sono sicura che sanno del mio arrivo, ma nessuno viene ad aprire.

Faccio il giro della casa, magari c'è un'entrata sul retro. Il rombo di un motore attira la mia attenzione. Pensavo che con questo temporale la spiaggia sarebbe stata deserta, mi sbagliavo. La moto sfreccia da una parte all'altra creando piccoli mulinelli di sabbia. A chi la guida non importa di essere troppo vicino alle onde, che

si infrangono sulla riva. Impenna rimanendo in equilibrio sulla ruota posteriore. Frena e fa la stessa cosa con la ruota anteriore. Indossa solo un paio di jeans. Sgomma ancora contraendo gli addominali e, cavolo, riconosco un corpo allenato quando lo vedo. Non vorrei fissare i tatuaggi sulla schiena ma è impossibile non farlo. Si ferma quando si accorge di me, dopo accelera nella mia direzione frenando di botto a un metro dai miei piedi. Un sorriso impertinente gli appare sul viso.
«Amelia Stone, giusto?»
Annuisco, chiedendomi come faccia a sapere il mio nome.
«Benvenuta!» esclama divertito.
Ci fissiamo non so per quanto tempo, prima che la porta alle mie spalle si apra e venga letteralmente trascinata dentro.
«Santo cielo, signorina. Entri prima che le venga una polmonite.»
La signora arpiona il mio braccio costringendomi a camminare fino al centro del soggiorno.
«È un tempaccio da lupi!» esclama, senza darmi il tempo di presentarmi. «Vuole darmi la giacca, cara?»
Mi spoglia senza permesso con gesti frenetici. Chiunque sia, non ha la minima idea di cosa sia lo spazio personale.
«Oh, che maleducata. Sono Isabelle Ellis, la sorella di Clara.»

Trattengo una risata. Assomiglia molto a Dolores Umbridge, il personaggio più odioso della saga di Harry Potter. Non indossa nulla di rosa, per fortuna.
«Sono Amelia Stone, piacere di conoscerla.»
Nonostante le dita ossute ha una bella stretta di mano. Avrà sessant'anni, più o meno.
«Si accomodi, prego» indica il divano enorme.
L'ambiente è spazioso e confortevole. Le pareti dai colori tenui, il divano al centro della stanza. Mensole per i libri e cornici che ricordano momenti felici.
«Il dottor Mitchell mi ha parlato benissimo di lei. Mia sorella è una brontolona ma ha un gran cuore. Forse non sarà molto collaborativa all'inizio perché non ha pazienza, ma sono sicura che andrete d'accordo.»
Secondo le mie informazioni, l'ultimo terapista che ha avuto a che fare con lei ha dovuto faticare un bel po'. Clara si rifiutava di eseguire gran parte degli esercizi e voleva tornare a casa in anticipo, senza terminare la prima fase del piano terapeutico. La fretta è nemica del paziente, in queste circostanze.
«Farò il possibile per assicurarmi che la signora possa ristabilirsi del tutto.»
«Ne sono sicura. Bene, possiamo darci del tu? Sei così giovane che potresti essere mia figlia. In realtà ho l'età per essere nonna.»

Adoro i familiari empatici. Isabelle è simpatica e le piace mettere a proprio agio le persone. Sarà un piacere lavorare anche con lei. Ha un'espressione dolce, i capelli mogano e un trucco leggero. Mi porge un vassoio di biscotti, ne prendo uno.

«Raccontami un po' di te. Può sembrare invadente da parte mia, lo so, ma adoro ascoltare le storie delle persone. Ecco perché insegno storia, è la mia materia preferita, anche se gli studenti non la pensano come me.»

Le racconto brevemente il mio percorso di studi all'università. Chiede informazioni sulla mia famiglia. Le parlo di mio padre che fa il postino e di mia madre che è una casalinga. Ascolta con attenzione ogni parola.

«Isabelle, credo che la signorina Stone sia qui per me. Non per parlare con te.»

Una signora anziana sulla sedia a rotelle interrompe la conversazione.

«È arrivata la brontolona.»

Clara ignora il commento della sorella e si avvicina. Assomiglia molto a Isabelle, solo i capelli grigi dichiarano la differenza di età.

«Amelia, ti presento…»

«So presentarmi da sola, Isabelle.»

Mi alzo per tenderle la mano.

«Piacere di conoscerla, signora Ellis. Per le prossime otto settimane sarò la sua fisioterapista. Ho preparato un piano di riabilitazione che le illustrerò passo passo.»

«Non vedo l'ora» risponde alzando gli occhi al cielo.

«Clara, per favore. Amelia è qui per il tuo bene.»

«Per tirarmi le gambe fino a farmi urlare per il dolore?»

Ci sarà da divertirsi. Clara è tutto fuorché semplice da gestire.

«Signora, non ho alcuna intenzione di farle del male, ma dovrà fare ciò che le dirò. È un lavoro di squadra.»

Mi guarda sospettosa. Dovrò convincerla con i fatti, a quanto pare. Le illustro brevemente ciò che faremo usando termini semplici. Ha settantacinque anni e mi sembra molto sveglia, ma i paroloni tecnici possono confondere chiunque.

«Crede davvero che riuscirà a fare ciò che ha detto?» chiede squadrandomi dalla testa ai piedi.

Sono abituata a questo tipo di scetticismo. Sono molto minuta in confronto a lei.

«Assolutamente.»

«Mia cara, con tutto il rispetto, il terapista che mi ha seguita prima di lei ha fatto grandi sforzi per mettermi in piedi. Non vedo come lei possa farcela.»

«Mi chiami Amelia. Quanti passi fa al giorno, più o meno?» chiedo ignorando la sua preoccupazione sul mio peso.

«Alza il sedere dalla sedia solo per andare al bagno e per fare la doccia» risponde Isabelle al posto della sorella.

«Ti ho già detto che sono capace di rispondere da sola.»

«Allora dille che non stai facendo nulla per rimetterti in piedi, perché sei una brontolona pigra.»

Ecco che ricominciano.

«Clara, nelle prossime settimane avrò solo bisogno della sua fiducia. Deve fidarsi di me, altrimenti perderemo tempo entrambe. So che può stare in piedi, ho letto la sua cartella e ha fatto tanti progressi, ma non è abbastanza. Dobbiamo ricordare ai suoi muscoli come fare per camminare nel modo corretto. Per fare questo, deve volerlo davvero. Mi spiego?» Mi inginocchio davanti a lei. «Appoggi le mani sulle mie spalle e non lasci la presa per nessun motivo.»

Non è convinta dalla mia richiesta, ma esegue. Metto le mani sotto le sue ascelle, trovando il punto giusto per tirarla su senza farle male.

«Non so se è una buona idea.»

«È l'unica idea» rispondo sorridendo. Vedo paura nei suoi occhi, è normale: ha il terrore di cadere.

«Isabelle, è essenziale che impari i movimenti giusti. Quando sarete sole, dovrà muoverla come faccio io.»

«Lei non vive qui, grazie al cielo.»

Isabelle la fulmina, Clara la sfida ad abbassare lo sguardo.

«Chi si occupa di lei?»

«Mio nipote.»

«Bene, dovrò parlarci per spiegargli come lavoreremo.»

È arrivato il momento di dimostrare alla mia paziente che si sbaglia. Mi alzo per fare leva nel modo corretto. Dovrò sostenere tre quarti del suo peso in equilibrio con il mio. Lo slancio è molto importante.

«Al mio tre si dia una bella spinta in avanti facendo leva sulle mie spalle. Io farò il resto, d'accordo?»

«Non ce la faccio.»

È davvero spaventata. Il viso tirato, gli occhi sgranati, il respiro affannato. Dobbiamo superare il primo ostacolo.

«Clara, si fidi di me.»

«Ho paura di cadere, non c'entra niente la fiducia. So quali sono i miei limiti.»

«Non la lascerò cadere, promesso. Non molli la presa, respiri con me.»

Respira profondamente chiudendo gli occhi, non voglio che interrompa il contatto visivo.

«Apra gli occhi.»

Li apre.

«Uno.»

Le dita stringono forte sulle mie spalle.

«Due.»

Respira.

«Tre.»

Scatta in avanti mentre la sostengo con tutta la forza. È in piedi, ce l'ha fatta.

«Molto bene, Clara.»

«Sei forte per essere uno scricciolo.»

Il suo sorriso è tutto quello che mi serve per sapere che sta bene.

«Non molli la presa. Non faremo nessun passo, al momento. Voglio solo che resti in equilibrio per un po'.»

I muscoli delle gambe sono indeboliti, ma sono sicura che si impegnerà.

«Si sente bene?»

«Mi fa male tutto.»

Un minuto è più che sufficiente, per il momento. La aiuto a sedersi, lentamente.

«Le gira la testa?»

«No.»

«Bene, adesso la farò sdraiare e le farò un bel massaggio per riattivare la circolazione. Da domani alterneremo ginnastica a massaggi.» Per il momento mi ha dato fiducia e io ho mantenuto la parola. «Un passo alla volta, Clara.»

«Non riuscirai a rimettermi in piedi. Alla mia età le priorità sono altre. Tipo svegliarmi ogni mattina.»

Capisco lo scetticismo e per ora non risponderò con frasi motivazionali, non servirebbe. Mi guarda come se non vedesse l'ora di sbattermi fuori.

Isabelle ci accompagna in camera da letto, silenziosa e agitata. La casa è enorme e fortunatamente su un livello. Le scale sarebbero state un bel problema. Quando comincio a massaggiarle le gambe, Clara si rilassa, anche se fa di tutto per nasconderlo.

«Vado a vedere che fine ha fatto quel selvaggio» dice Isabelle lasciando la stanza, mentre Clara la guarda malissimo.

«Parla di mio nipote, è lui che si prende cura di me. Lavora molto, ma è sempre presente quando ho bisogno di lui.»

«Vive qui?»

«Nella casa accanto.»

«Verrò tutte le mattine, la sua collaborazione mi servirà solo per un paio d'ore. Gli spiegherò tutto ciò che dovrà fare in mia assenza.»

«Sono sicura che imparerà in fretta. È un ragazzo intelligente.»

Gli occhi le si riempiono d'amore quando parla di lui.

«Sicura di volermi come paziente? A volte sono davvero irritante. Non ti renderò le cose facili.»

«Non mi piacciono le cose facili.»

Sorride diabolica e chiude gli occhi. Respira profondamente. Sono contenta di aver creato un minimo contatto con lei, anche se so che mi darà del filo da torcere. Spero che il nipote sia più collaborativo di lei. Il percorso sarà lungo e difficile.

«Qualunque cosa stiate facendo, fermatevi! I miei occhi innocenti non potrebbero sopportare sconcezze, anche se ho la mentalità molto aperta. Quindi, signore, sarà meglio che copriate le vostre intimità, perché sto per entrare.»

Chiunque sia l'uomo che ha appena urlato dietro la porta si diverte a fare il pagliaccio.

«Entra pure» esclama Clara, trattenendo una risata.

La porta si apre, una testa bionda appare e non posso credere che sia lui, anche se dovevo aspettarmelo. Non voglio crederci.

Greyson

Quando è arrivata la pioggia volevo abbandonarmi al dolore. Ho preso la moto per ricordare ogni singolo momento di quella notte. Il mare era agitato, il cielo oscurato da nuvole piene e minacciose. Lo scenario perfetto. Ho pianto e urlato, mentre le ruote giravano sulla sabbia bagnata. Il freddo è penetrato fino alle ossa facendomi sentire vivo e in colpa per esserlo ancora. Non dovrei respirare, il mio cuore non dovrebbe battere. Mi trovo in un limbo senza via d'uscita, da quella notte. E poi lei è arrivata. Nonostante la pioggia, camminava con

passo deciso. Quando mi ha visto si è fermata sotto al portico. Mi fissava. La fissavo. Non ho resistito all'impulso di avvicinarmi. Fino a questa mattina era solo un nome. Non mi piace avere estranei in casa, ma per la donna più importante della mia vita ho fatto uno sforzo prendendo le giuste precauzioni. Solo, non potevo immaginare che fosse tanto bella dal vivo. La foto del badge non le rende giustizia. Il corpo atletico, slanciata malgrado l'altezza. I capelli neri e morbidi. Gli occhi blu come l'oceano. Il vero sforzo, però, è stato ignorare la sua risata. Quella che ho sentito quando sono entrato in casa. Ho infilato una felpa e mi sono fermato dietro la porta, indeciso sul da farsi. Sono felice che abbia tenuto testa a mia nonna, significa che ha un carattere forte.
«Hai intenzione di rimanere lì impalato?»
Zia Isabelle è una donna caparbia, quasi quanto la sorella. Mi guarda come se fossi uno dei suoi studenti. Con loro lo sguardo severo funziona. Con me, no.
«Avresti potuto fare una doccia e renderti presentabile, ma ormai è fatta. Dai, entra.»
Finge severità, in realtà è una delle poche persone che sa tutto di me e nonostante questo non mi ha mai abbandonato. Quando entro, nonna mi accoglie con un sorriso. Mi avvicino al letto e le do un bacio sulla fronte.
«Comportati bene» bisbiglia.
«Non lo faccio sempre?»

Amelia ci guarda con un sorriso preoccupato. Immagino cosa stia pensando, dopo avermi visto sulla spiaggia.

«Amelia, ti presento mio nipote.»

Allunghiamo le mani contemporaneamente.

«Sono Greyson, piacere di conoscerti.»

«Amelia, piacere mio.»

Un sorriso appare sulle sue labbra non appena si accorge che non ho intenzione di mollare la presa. Mi piace il contatto della sua pelle con la mia. Di solito non mi sforzo di sembrare normale con gli estranei, ma con lei sento di doverlo fare. Sposto lo sguardo sulle nostre mani ancora unite.

«Ti spiegherò il piano terapeutico. Clara avrà bisogno di tutto l'aiuto possibile» dice tirando indietro il braccio lentamente.

Ho la sensazione che si senta intimidita ed eccitata allo stesso tempo. È qui per lavoro. Io sono qui per essere collaborativo. Non voglio incasinare le cose, sarà difficile.

«Mia nonna è un bel tipo, ma sono sicuro che farà tutto ciò che le chiederai. Giusto, nonna?»

«Certamente!» esclama con finto entusiasmo.

Mi guarda come se cercasse qualcosa nella mia testa. È brava a capire i segnali, anche più di me. Non voglio che si preoccupi, voglio solo che stia bene. È la priorità, per me.

Mentre Amelia mi mostra i movimenti e la pressione da esercitare sui muscoli, mi soffermo sul suo viso. L'espressione seria, meticolosa nella spiegazione. Registro ogni movimento delle dita, mentre nella mia mente si creano scenari di ciò che potrebbe succedere. Corpi sudati, respiri affannati, sguardi complici.

«Tutto chiaro?» chiede guardandomi come se mi vedesse sul serio.

Non deve. Dovrà vedere solo ciò che io vorrò farle vedere. Ho una gran voglia di fare lo stronzo solo per godere della sua reazione. Solo per sentire quanto sarebbe disposta a sfidarmi, prima di capire con chi ha a che fare.

«Per oggi abbiamo finito, Clara. Si riposi. Ci vediamo domani.»

Nonna la saluta con un sorriso forzato. Non è facile entrare nelle sue grazie.

«Grey, accompagna Amelia.»

Ogni suo desiderio è un ordine. Indico la porta. Amelia cammina davanti a me, si guarda intorno curiosa. Ci sono foto di famiglia ovunque. Io ho imparato a ignorarle. Le fisso il culo, non posso farne a meno, anche se indossa un semplice pantalone della tuta. Arriviamo nel soggiorno e stringo i pugni, tanto sono irritato. Cristo!

«Bene, è stato un piacere. Per qualunque problema, avete il mio numero.»

Giusto, ho il suo numero e non immagina da quanto. Mi fa impazzire la forma delle sue labbra, piene e suppongo morbidissime. Non è ancora uscita, nonostante le abbia aperto la porta, come se una parte di lei non volesse andare via. Fa un passo, poi si ferma.

«È stato divertente?»

Si pente subito della domanda. È durato solo due secondi, ma ho visto l'imbarazzo nei suoi occhi.

«Cosa?» chiedo, incrociando le braccia sul petto.

«Correre sotto la pioggia.»

È stato doloroso, come avevo previsto.

«Assolutamente.»

«Anche pericoloso, se posso permettermi. Non solo avresti potuto far del male a qualcuno, ma anche tu hai corso un rischio. Mi servi tutto intero per le prossime settimane.»

Sarcastica, cosa che mi eccita da impazzire. Mi avvicino fino a sfiorare il suo spazio personale. Non indietreggia. Alza il mento. Mi sfida a contraddirla.

«Uno, la spiaggia è privata. Nessuno entra senza il mio permesso.»

Ho scalfito la sua sicurezza, solo un po'.

«Due, sono bravo a rischiare. È la mia specialità.»

Basterebbe così poco per toccarla, sebbene sia alto più di lei, alza la testa ancora di più per non perdere il contatto visivo.

«Cerca di tenere a freno la tua specialità.»

La voce sicura come l'atteggiamento, ma sento che è nervosa. Sono io a farle questo effetto. È attratta da me, anche se cerca di nasconderlo.

«Per mia nonna farò il bravo, promesso.»

«Lieta di sapere che siamo d'accordo.»

Si volta di scatto, come se avesse fretta di uscire. La fisso fino a quando chiudo la porta. Adesso posso respirare. Mi posiziono davanti alla finestra, che occupa metà della parete, e la osservo fino a quando scompare dalla mia vista. Potrei andare nel mio studio e guardarla attraverso le telecamere di sicurezza sparse per tutto il perimetro della proprietà, ma non voglio torturarmi oltre. Mi volto non appena sento la presenza di mia nonna dietro di me.

«Tutto bene, tesoro?»

Odio vederla costretta su quella sedia.

«Sì, e tu?»

«È stata una mattina pesante.»

«Lo so, ma ti prego di essere collaborativa. Amelia può aiutarti.»

Ho scelto la migliore, per lei.

«So quanto ti mette a disagio avere estranei in casa, ma basta che tu me lo dica e farò la terapia al centro di riabilitazione.»

«No!» urlo con troppo slancio. Lei non ha paura di me, non l'ha mai avuta. «Ti fa soffrire stare lontana da casa.»

«Mi fa soffrire di più sapere che ti senti a disagio, che lotti per mantenere il controllo. Voglio che tu sia sereno, piccolo mio.»

«Va tutto bene, davvero.»

Le sfioro la guancia calda e morbida. La adoro più di qualunque cosa, quando tutti mi hanno abbandonato, lei mi ha preso con sé.

«Hai preso le pillole?»

«Sì» mento meccanicamente. Non prendo i farmaci da quando è stata ricoverata per l'operazione. Avevo bisogno di essere lucido per gestire la sua mancanza. Avevo bisogno di provare qualcosa perché non potevo farle visita. Lei non lo sa. Sono passati quasi due mesi dall'ultima pillola, e mi sento bene. Forse, dopo anni, riuscirò a gestire le cose umanamente e non come un fottuto robot.

«Amelia è un tipetto interessante. Sono rimasta colpita dalla sua determinazione.»

«Sì, è forte.»

«E anche molto bella.»

«Sì.»

«E ti piace, non è così?»

Ecco la mia meravigliosa nonna, dritta al punto.

«A te non piace, a quanto pare. Dalle un po' di fiducia.»

«Mi piacerebbe di più se non fosse qui, tuttavia potresti chiederle di uscire» insiste maliziosa.

«Non è una buona idea, sai come stanno le cose. Dovrei dirle la verità e non voglio. E poi, non sono il tipo da relazioni.»

«Potresti esserlo, tesoro.»

«No!» urlo di nuovo. Devo tornare nel mio studio prima che si accorga che c'è qualcosa che non va. Raramente alzo la voce davanti a lei. Quando è successo sono stati momenti bui.

«Ti voglio bene, piccolo mio» dice uscendo dalla stanza.

La sento discutere con zia Isabelle. Prima o poi si metteranno d'accordo su cosa preparare per il pranzo.

Chiamo Blake per stemperare la tensione. Ho bisogno di giocare e creare.

«Ehi, boss» risponde.

«Ti aspetto nello studio.»

«Momento creativo o voglia di evadere?»

«Entrambe le cose.»

Lo sento grugnire. Probabilmente è ancora a letto e non voglio sapere con chi. È un campione del rimorchio, quasi quanto me. Per fortuna, i miei gusti sessuali sono diversi dai suoi, altrimenti mi soffierebbe tutte le scopate facili.

«Dammi un'ora» dice sbadigliando.

«Devo ricordarti che sono il tuo capo?»

«Anche se la cosa è molto eccitante, non sei il mio tipo. Quindi non insistere.»

«Mezz'ora, Blake.»

«Ricevuto.»

Tecnicamente fa parte del mio staff. Moralmente è il mio migliore amico da quando cercò di rimorchiarmi durante il settimo anno. Dopo una scazzottata per mettere in chiaro le cose è diventato il mio braccio destro. È il miglior programmatore sulla piazza. Un nerd capace di creare qualsiasi cosa attraverso la tastiera. Mi aiuterà a sviluppare quello che ho in mente, a far sì che la mia ossessione diventi reale, almeno sotto forma di videogioco.

Amelia

Adesso capisco perché Isabelle dice che la sorella ha fatto impazzire il mio predecessore. Il primo incontro è andato bene. Forse, però, ho sottovalutato il carattere della mia paziente. Pensavo di aver conquistato la sua fiducia, mi sbagliavo. Oggi Clara non è collaborativa. Anzi sbuffa più del solito e strilla ogni volta che la tocco, fingendo di sopportare chissà quale atroce sofferenza. So per certo di non farle sentire nessun dolore. Sono abituata ai pazienti pigri convinti che tutto questo sia inutile.

«Coraggio, cerchi di sforzarsi. Dobbiamo allenare i muscoli» dico piegando la gamba.

«Mi stai facendo male!»

Cerco di non far caso alle urla che diventano sempre più stridule a ogni minuto che passa. È sdraiata sul letto, le braccia incrociate come segno di chiusura totale. La mia presenza la infastidisce.

«Clara, se non mi permette di fare il mio lavoro, sarà difficile arrivare all'obiettivo. È come una corsa a ostacoli, bisogna saltarli tutti per arrivare al traguardo.»

«Io non voglio arrivare a nessun traguardo, sto bene sulla linea di partenza.»

«Pieghi la gamba, lentamente» addolcisco il tono di voce.

«No» ribadisce con insolenza.

Sarà più difficile del previsto. Deve capire che se non farà ciò che le dico, la situazione potrà solo peggiorare. Nel frattempo, Isabelle assiste alla nostra conversazione con le mani giunte, come se stesse pregando per un miracolo. Ricomincio l'esercizio senza badare allo sguardo tagliente di Clara. Non collabora, non ci prova nemmeno.

«Clara, non credi sia ora di piantarla e fare quello che dice Amelia? Insomma, vuoi passare il resto della tua vita sulla sedia a rotelle? Senza combattere?» la supplica.

Per lei è doloroso assistere al comportamento della sorella. Vorrebbe aiutarla, ma non glielo permette. Come non lo permette a me. Clara si volta solo per trafiggerla con lo sguardo, eppure, in fondo agli occhi, vedo una scintilla di dolore.

«Tu dici a me di combattere? Sei stata tradita un mese prima del matrimonio, dopo hai dedicato la vita ai tuoi studenti nascondendoti da qualunque sentimento. Hai una bella faccia tosta! Io ho vissuto la mia vita. Ho amato mio marito, i miei figli, i miei nipoti e ho lottato per uno in particolare. Non venirmi a parlare di combattere. Se non fossi caduta come una stupida, la signorina qui presente vedrebbe una donna molto diversa.»

Vedrei una leonessa, senza dubbio. Isabelle abbassa lo sguardo, come se Clara le avesse ricordato una verità scomoda. Mi dispiace per lei. Dovrei tacere, non sono affari miei, eppure sento di dover mettere in chiaro le cose.

Sistemo le gambe di Clara, le adagio con delicatezza, come se avessi finito la seduta. In realtà ho appena iniziato. Mi guarda trionfante, pensa che me ne andrò sconfitta.

«Adesso prenderò il deambulatore e faremo due passi.»

Mi guarda come se fossi impazzita.

«Vuole dirmi qualcosa?»

«Oh, non ti piacerebbe sentire quello che vorrei dirti.»

«Ne prendo atto. Adesso vogliamo cominciare a lavorare, o preferisce starsene a letto aspettando che le sue gambe si atrofizzino, fino a quando le sarà impossibile fare qualsiasi movimento?»

Prima che Clara possa dare sfogo alla rabbia scagliandomi contro chissà quante parolacce, il nipote fa la sua apparizione. Non credevo fosse in casa, tuttavia sono contenta di vederlo, solo perché Clara si addolcisce quando lo vede. Come se lui avesse chissà quale potere magico sul suo carattere brontolone. Mi ripeto che è solo per questo che mi sento all'improvviso euforica. Se ne sta in piedi appoggiato al muro con le braccia incrociate, senza dire una parola. Mi sorride, mi fissa, nient'altro. Fingo indifferenza mentre prendo il deambulatore. Cosa diavolo è venuto a fare, se non fa niente per rendersi utile? Continua a guardarmi divertito, intanto che aiuto Clara ad alzarsi.

«Farò solo due passi» dice, mentre le aggiusto la presa delle mani sui manubri.

«Almeno dieci passi» insisto.

«Cinque.»

«Otto.»

Non ho intenzione di mollare, se è questo che crede.

«Sei» insiste.

«Otto» ribadisco.

«E va bene, benedetta figliola!»

Ho vinto, per questa volta. Dopo gli otto passi concordati, e un massaggio rinvigorente, mi sento soddisfatta.

Greyson si congratula con la nonna e continua a guardarmi. Ignoro la voce del mio subconscio, so che si sbaglia. Non voglio che mi piaccia il modo in cui mi guarda, non in questo contesto. Come se gli appartenessi, in qualche modo. Riesce a farmi rabbrividire, a sentire quel delizioso formicolio allo stomaco. Quello che, qualche volta, precede un mucchio di guai.

Saluto tutti evitando di avvicinarmi troppo a lui, quasi scappo dalla stanza, me ne rendo conto. Greyson mi blocca afferrandomi per il polso, un secondo prima che esca dalla porta. Si avvicina fino a sussurrarmi all'orecchio.

«Sei stata fantastica, grazie.»

Non rispondo, abbozzo un sorriso e parto prima di fargli vedere il poco controllo che ho in sua presenza. Una cosa è certa: lui l'ha capito meglio di me.

Greyson

Anche oggi per Amelia sarà una dura giornata. Non sono pentito di non essere intervenuto ogni volta che nonna alzava la voce o brontolava, in realtà mi diverto a guardare Amelia che impone la sua autorità fino a quando nonna non cede. Vorrebbe che non fosse qui perché pensa che avrebbe conseguenze sulla mia precaria stabilità mentale, ma si sbaglia. Voglio che Amelia sia qui, ne ho bisogno. Ha passato una settimana d'inferno e nonostante tutto cerca di portare a termine il lavoro.

Anche questo lato combattivo mi attrae. Neanche io le sto rendendo le cose facili.

Mi limito a fissarla, e lei cerca di tenere sotto controllo il rossore che le appare sulle guance. Fa l'indifferente, tuttavia non è convincente. Sono solo sguardi intensi, poche parole. Un gioco psicologico che mi diverte parecchio.

Approfitto di una pausa per avvicinarmi a lei. Sistema gli attrezzi che ha già usato, efficiente e bellissima.

«Posso aiutarti in qualche modo?» chiedo, come se non sapessi cosa risponderà. Non ho mosso un muscolo, mentre sollevava la nonna dalla sedia a rotelle.

«Divertente, chiedermi una cosa del genere. Non ti pare?» risponde stizzita.

«Be', non sono intervenuto per non minare la tua autorità.»

«O forse perché ti piace vedermi annaspare.»

«Mi piace guardarti quando ti imponi, lo ammetto. Lo trovo sexy, ma se hai bisogno di me non hai che da chiedere.»

«Ce la caviamo alla grande! I primi giorni sono stati difficili, ma adesso si è ammorbidita al punto da farmi lavorare come si deve. Quindi, grazie lo stesso.»

Chiude la zip del borsone senza battere ciglio. Ha ragione, però. Nonna è più collaborativa, forse perché le ho detto che se Amelia lasciasse il lavoro verrebbe qualcun altro e non ne sarei contento. Per niente.

«Lascio il borsone in macchina e torno subito.»

«Non è una brutta persona, è solo preoccupata.»

Si ferma sulla porta, molla il borsone facendolo cadere sul pavimento con un tonfo.

«Preoccupata per te?»

Fisso i suoi occhi e aggrotto la fronte, sconvolto. Riesce a vedermi, non so come o perché, ma ci riesce. Vede il mio disagio, la mia vita oscura, complicata. Solo una persona mi guardava così e adesso non c'è più.

Siamo così vicini, e non so quando abbiamo stabilito questa vicinanza. Ne voglio ancora, sempre di più. Il suo odore mi colpisce e mi stende. Rimescolo i pensieri prima di fare o dire qualcosa di stupido.

«So che hai conosciuto una donna irritabile, scorbutica, con abitudini che non vuole modificare. Posso assicurarti, però, che è la donna più saggia e meravigliosa che abbia mai conosciuto. Farà tutto ciò che chiedi, ha solo bisogno di fidarsi. Si sente in colpa perché pensa di avermi incasinato la vita dopo la caduta. Ha un cuore enorme e spero che tu possa vederlo al più presto.» Non ho il diritto di dirle queste cose, per lei è troppo presto, ma è come se i suoi occhi, la sua presenza, mi spronassero a parlare. «Non voglio spaventarti, voglio che tu capisca.»

«Cosa?»

La sua voce è appena un sussurro.

«Questo» rispondo mettendo le mani sui suoi fianchi. Potrebbe scappare via, insultarmi per quello che sto facendo. Invece mi asseconda come se fosse la cosa più naturale del mondo.

«Lo capisco e non sono spaventata. Andrà tutto bene, fidati di me» sussurra piano.

«Mi fido di te.»

«Bene, adesso torno al lavoro.»

Si stacca per prima e cammina verso la macchina. Mette il borsone nel cofano. Si volta e mi sorride. E io non posso fare altro che vergognarmi di me stesso per volerla così tanto.

Capitolo 5

Amelia

Ignoro i messaggi di mia madre da un'ora. Vuole sapere com'è andata con la nuova paziente. Non ci sarebbe niente di male a dirle che va più che bene, ma dovrei evitare di parlarle anche del nipote e so già che mi tradirei dandole dettagli succulenti che la porterebbero a fantasticare troppo. Mi tortura a intervalli regolari perché ho venticinque anni e non ho ancora una relazione stabile. Come se alla mia età fosse un reato non averne una. Voglio divertirmi, non ci vedo niente di male. Non ho ancora trovato quello giusto e non ho intenzione di cercarlo.

La mia migliore amica la pensa come me, per quanto riguarda le relazioni.

«Quindi la signora Ellis era un demonio e adesso è diventata una paziente disciplinata?» chiede Emily con disinvoltura.

Stento ancora a crederci. Certo, qualche volta brontola ancora, ma è niente in confronto ai primi giorni. Adesso si fida di me.

«Sì.»

«E ha un nipote sexy.»

«Sì.»

«Fortunella!»

Non mi sento affatto fortunata, semmai nervosa. Emily mantiene il passo.

«Cosa ti preoccupa? Ti piace, e allora? Buttati! Non rifletti mai quando un uomo ti attira. Cos'ha di diverso questo Greyson?»

Tutto.

«Non lo so. Non ho mai provato un'attrazione così forte per uno sconosciuto. Sono passati diversi giorni ormai, c'è feeling. È come se una forza invisibile ci attirasse l'una verso l'altro. Io la sento, ma lui? Non lo so. Non vorrei fare una figuraccia. E poi non sarebbe professionale invischiarsi in questa situazione.»

«Vuoi fare sesso con il nipote, non con la tua paziente. Se è sexy come dici, fanculo la professionalità.»
La supero con uno scatto perché non ho idea di cosa rispondere. Corro veloce fino a quando sento i polmoni in fiamme. Amo correre all'alba. Mi dà un senso di pace. Il silenzio, la luce particolare del cielo, il parco semi deserto. Emily mi raggiunge quasi subito. Non c'è partita contro di lei, è una personal trainer.
«Di cosa si occupa?» insiste.
«Game designer, in pratica crea videogiochi.»
«Uhm… un creativo! Chissà quanta creatività potrebbe sfoggiare a letto.»
«Emily!»
«Se ti conosco bene hai già immaginato mister selvaggio tatuato sotto la pioggia, in pose oscenamente erotiche.»
Mi conosce bene, purtroppo.
«Ho fatto centro» esulta saltellando sul posto.
Ha ragione, non riesco a togliermelo dalla testa. Quegli occhi magnetici, il petto muscoloso, i tatuaggi sulla schiena. Uno in particolare ha attirato la mia attenzione, credo sia un re seduto su un trono con ai piedi tanti mondi, il tutto circondato da quelle che sembrano scie di stelle. Quelli più strani, però, sono due fasce spesse e nere che coprono i polsi.
«Dammi retta, sonda il terreno. Presta attenzione ai dettagli. Dovresti saper leggere tra le righe, al massimo

guarda a sud. Se vedi un rigonfiamento, allora non avrai più dubbi.»

«Ieri, per esempio, durante la seduta è arrivato il suo amico Blake. Tipo simpatico, un trentenne euforico come un adolescente. Ha flirtato tutto il tempo con me e Grey non ha battuto ciglio. Se fosse interessato, non avrebbe permesso all'amico di farsi avanti.»

«Forse gli piacciono le cose a tre.»

Ma perché continuo a parlare con lei? Sono una donna con la mentalità aperta, non disdegno i rapporti occasionali, ma sono monogama, e lei lo sa. Mi fermo per riprendere fiato.

«Battiamo la fiacca, eh?»

Continua a saltellare per non perdere il ritmo e mi snerva ancora di più. Volevo parlare per ricevere consigli, invece sono più confusa di prima.

«Ti serve una distrazione, amica mia. Il tipo di distrazione con un corpo atletico che ti faccia dimenticare il biondino. Se non è interessato, peggio per lui. Si perde una bomba sexy come te.»

Non sono sicura di chi perderebbe chi.

«Lo conosci da pochi giorni e ti ha già incasinato il cervello. Ritorna in te, ragazza. Non sei una che perde il controllo facilmente.»

Già, lo pensavo anch'io prima di incontrarlo.

«Torniamo indietro, devo prepararmi per andare al lavoro.»

«Prova a non indossare una tuta, oggi. Un paio di jeans attillati, di quelli che ti fanno un culo da urlo. Se non fossi etero, lo toccherei volentieri.»

Ignoro l'ultimo commento, anche se rifletto sulle sue parole. Greyson è sicuramente un uomo attraente, ma c'è qualcosa che mi affascina più del suo corpo. I suoi occhi così espressivi, come se cercasse di dirmi qualcosa ogni volta che mi guarda.

Saluto Emily e torno a casa per prepararmi per andare da Clara. Continuo a rimuginare anche dopo essere salita in macchina e durante il tragitto.

Isabelle apre la porta facendomi segno di rimanere in silenzio. Ha gli occhi lucidi come se avesse pianto. Entro in punta di piedi, sperando che non sia successo niente di grave.

Non avevo previsto di trovarmi davanti una scena del genere. Greyson tiene in braccio Clara, come se fosse una bambina. Si muove lentamente sulle note di una canzone che mia madre adora. Barry Manilow canta *Can't smile without you.* Clara tiene saldamente le braccia intorno al collo del nipote, lo guarda dritto negli occhi. Le lacrime scendono, anche se sorride. Così come fa lui mentre si sforza di non piangere con lei.

«Oggi sarebbe stato il compleanno del marito. Questa era la loro canzone, quella che ballavano sempre» sussurra Isabelle, singhiozzando.

Greyson si muove a tempo senza smettere di guardarla. Anche se sorride e canta a bassa voce, gli occhi esprimono dolore. Sono commossa, il legame che li unisce è qualcosa che si avverte nell'aria. Non so molto della loro famiglia, ma quello che vedo mi fa capire quanto si amano. È bellissimo. Loro sono bellissimi. Clara alza lo sguardo verso di me, un po' imbarazzata. In questo momento, presa dai ricordi, è vulnerabile. Sussurra qualcosa al nipote che si sposta verso il divano per farla sedere. Le dà un bacio e si allontana. La canzone non è ancora finita e le mie gambe diventano come gelatina quando si avvicina a me, con un sorriso che farebbe sciogliere chiunque.

«Balla con me» dice prendendomi per i fianchi.

Greyson mi stringe ancora di più facendomi avvicinare a lui fino a quando il mio petto aderisce al suo. Appoggio le mani sulle sue spalle, ci muoviamo mentre lui canta dolcemente. Passerei ore a guardare il suo viso senza stancarmi mai. I lineamenti perfetti, armoniosi. Le ciglia scure in contrasto con l'azzurro cristallino degli occhi. Il naso importante, la mascella perfetta. I capelli ondulati e chiarissimi. Dondoliamo a tempo e vorrei che non finisse mai. Non riesco a deglutire tanto sono nervosa e realizzo che quest'uomo potrebbe chiedermi qualsiasi cosa, accetterei senza pensarci. Quando la canzone finisce siamo ancora uniti. Isabelle si schiarisce la voce e tanto basta per allontanarmi da lui. Raccolgo ogni briciolo di volontà per voltarmi e raggiungere Clara sul divano. Sono qui per lavorare, non per ballare un lento con un uomo che non appartiene a questo mondo.

«Siediti qui un momento, voglio parlarti dell'uomo che ha reso la mia vita meravigliosa.»

Il tono affettuoso mi spiazza, non oso aprire bocca. Annuisco grata, perché vuole rendermi partecipe di qualcosa di così intimo.

Clara mi parla del marito mentre esegue gli esercizi. Lo amava molto e lo ama ancora. È morto cinque anni fa, dopo una vita nell'esercito. È orgogliosa quando parla delle missioni all'estero cui ha partecipato. Facendo attenzione, sulle pareti del soggiorno vedo le foto di John King. Era davvero un bell'uomo e la somiglianza con Greyson è impressionante.

«Il mio John era bellissimo. Quando mi faceva arrabbiare, gli bastava guardarmi per farmi sciogliere.»

Conosco la sensazione, purtroppo. Ancora cinque minuti e abbiamo finito per oggi. Greyson è rimasto seduto a guardarci per tutto il tempo e non mi ha mai tolto gli occhi di dosso.

«Amelia, prima di andare potresti farmi uno dei tuoi massaggi miracolosi?»

Annuisco, felice che le mie mani le diano sollievo. La terapia sta andando bene, secondo le mie previsioni tornerà a camminare molto presto. Segue le indicazioni, prende i farmaci nel modo giusto e si impegna ogni giorno. Quando si lavora insieme e bene, i risultati si vedono. Prolungo il massaggio solo per il piacere di vederla rilassata, stesa sul letto.

Alla fine vado in bagno per lavarmi le mani. Dopo pochi secondi mi accorgo di non essere più sola. Non so come abbia fatto a entrare così silenziosamente. È dietro di me, guardiamo i nostri volti riflessi nello specchio. Appoggia le mani sui miei fianchi e io glielo lascio fare. Ha potere su di me e ne è assolutamente consapevole. Mi sfiora il collo con il naso, inspira il mio profumo.

«Delicato e perfetto» sussurra.

Un brivido mi percorre la schiena mentre sento la sua erezione dietro di me. Il sottile strato di stoffa dei leggins mi permette di sentirne la durezza e il calore. Lui indossa un paio di pantaloncini da basket e neanche questo aiuta. Sollevo il sedere senza rendermene conto. Senza provare nessuna vergogna. Io sono qui. Lui è qui. C'è qualcosa di sbagliato quando due persone che si conoscono appena provano un desiderio così intenso? Muove i fianchi in avanti. Una volta, due volte. Aumenta le spinte. Mi aggrappo al lavandino per non cadere.

«Simulazione» sussurra sul mio collo.

Un'altra spinta, più forte. La presa salda sui miei fianchi, non mi lascerà andare. Non voglio che lo faccia, voglio di più. Muoviamo i fianchi allo stesso ritmo come se stessimo scopando, ed è talmente eccitante. Cerco di toccarlo, ma non me lo permette. Blocca le mie mani sul marmo freddo coprendole con le sue.

«Stai ferma, Amelia.»

Mi schiaccia in avanti con il suo peso fino a quando strofino la mia intimità sul marmo per avere un po' di sollievo. Sono così eccitata che gli basterebbe sfiorarmi per farmi esplodere. Mi guarda arrogante. Desidero che mi spogli, ma non lo fa. Desidero che mi entri dentro, ma non lo fa. Quando penso che il cuore possa uscirmi dal petto tanto batte veloce, si stacca e fa un passo indietro.

«Oh, eccovi qui.»

Isabelle appoggia gli asciugamani sul ripiano. Io fingo di lavarmi le mani come se avessi contratto una malattia venerea. Dire che sono imbarazzata è un eufemismo. Non l'ho sentita arrivare, ma lui sì. Grazie al cielo.

«Grey, è arrivato Blake.»

«Grazie zia, arrivo subito.»

Isabelle ci lascia soli. Lui rimane sulla porta. Non ho il coraggio di guardarlo. Cosa diavolo è appena successo?

«Simulazione eccellente, signorina Stone.»

Mi lascia sola e ne sono felice. Ho le guance in fiamme, le gambe tremano, il cuore non vuole saperne di battere a un ritmo regolare. Mi ci vogliono alcuni minuti per ricompormi, prima di tornare nel soggiorno.

«Ciao Amelia» dice Blake quando mi vede.

Rispondo con finto entusiasmo. Non so dove sia stato prima di venire qui, ma i suoi capelli ricci e scuri sono un casino, come se si fosse appena svegliato. Io vorrei andare a dormire invece. Mi sento un tantino scombussolata, anche se cerco di nasconderlo con tutta me stessa. Sono brava a non rivelare le emozioni, ma in questo momento mi sento allo scoperto. Come se mi si leggesse in faccia ciò che è successo. Un'ora fa mi sono emozionata guardando Greyson con la nonna. Dopo si è trasformato in un predatore. Ma chi diavolo è quest'uomo? Emily ha ragione, ho proprio bisogno di distrarmi.

Mentre indosso la giacca, pronta per andarmene, lui mi guarda sorridendo. Vorrei solo picchiarlo, in questo momento. Saluto tutti e chiudo la porta dietro di me. Vorrei chiedergli cosa ha voluto dimostrare, ma sarei ridicola. Si è avvicinato, mi ha toccata, ha simulato un rapporto sessuale, e io non l'ho fermato. Non c'è molto da chiedere. È chiaro ciò che ha voluto fare. Sono attratta da lui e lo sa. Apro lo sportello e lo chiudo con troppa forza. Subito dopo, si apre quello del passeggero e Greyson si siede accanto a me come se lo avessi invitato a entrare.

«Tutto bene?» chiede spavaldo.

«Sì.»

«Sembri agitata.»

«Non lo sono.»

«Se una simulazione ti ha fatto questo effetto, non oso immaginare come reagiresti a una scopata vera.»

Mi volto per guardarlo.

«Grazie a te, non lo sapremo mai» rispondo acida.

Sospira, guarda l'oceano davanti a noi. Il sorriso è scomparso lasciando il posto a un'espressione preoccupata.

«Progetto e creo sistemi di gioco che offrono esperienze interessanti agli utenti.»

Non gli ho chiesto di parlarmi del suo lavoro, però non lo interrompo. È così assorto, che riesco quasi a percepire la sua eccitazione. Gli piace quello che fa.

«Sono l'incrocio tra uno scrittore, un grafico e un programmatore.»

«È un lavoro interessante, ma cosa c'entra con quello che è successo?»

«La simulazione serve a trovare errori, modificare i dettagli, a rendere tutto lineare. Prima di lanciare un prodotto sul mercato, facciamo provare il gioco al gruppo zero. Se i partecipanti si divertono e rimangono soddisfatti, allora si procede al lancio. Al contrario, se la simulazione non li convince, lavoriamo sul prodotto affinché diventi appetibile e senza falle.»

«Se volevi confondermi, ci sei riuscito.»

Mi prende la mano, la stringe nella sua. Mi guarda come se volesse darmi risposte a domande che non ho fatto.

«Anche se l'idea di partenza è buona, a volte si corrono troppi rischi e non tutti sono pronti a rischiare.»

C'è sofferenza nella sua voce, come se questa conversazione gli pesasse come un macigno.

«Sei preoccupato perché pensi che voglia una relazione?» chiedo per alleggerire la situazione.

«Non sono il tipo da relazioni.»

«Nemmeno io» rispondo seria.

«Allora, vuoi giocare?»

Un angolo della sua bocca si solleva in un ghigno appena annuisco.

«Giochiamo» mi sussurra all'orecchio.

Prima di riprendere a respirare, lui è già fuori dall'auto. Dentro di me sto urlando, chiedendo a me stessa cosa sto facendo. Ho una gran voglia di giocare con lui e sono quasi sicura che infrangerò tutte le regole per arrivare fino in fondo.

Capitolo 6

Greyson

«A che gioco stai giocando?»
Al mio gioco preferito, vorrei rispondere a Blake. Adoro la simulazione perché se sbagli torni indietro e ricominci fino a quando raggiungi la perfezione. Guardo Amelia mentre nonna le mostra le foto del suo matrimonio. Ogni giorno si inventa qualcosa per farla rimanere oltre l'orario della terapia. Adesso le piace averla in casa, e pure a me. Amelia non rifiuta mai, anche se poi deve correre dagli altri pazienti.

Sospira e sorride mentre guarda una foto e il mio cuore batte più veloce. Vorrei toccarla ovunque e farla mia subito, ma non posso. Voglio lasciarle il tempo di capire le regole del gioco. Assaporare ogni istante della simulazione prima di scoprire che la falla più grande sono io.

«Perché non te la scopi e basta, come fai con tutte le altre?»

Blake mastica rumorosamente una patatina e gli staccherei la testa a morsi. Odio questo suono e odio ancora di più vedere le briciole sulla sua maglietta. A volte bastano queste stronzate a mandarmi fuori di testa. Lo fulmino per fargli capire che deve pulire subito, cazzo. Siamo in cucina e non voglio che nonna si accorga del mio disagio. Il soggiorno è proprio davanti, le basterebbe alzare gli occhi per vederci.

«Okay, stai calmo. Ora pulisco.»

Mi piace che Blake colga i segnali prima della tempesta. Scuote la maglia buttando le briciole sul pavimento. Prende la scopa e pulisce.

«Visto? È tutto pulito» dice alzando le mani in segno di resa. «Ti voglio bene, ma a volte mi fai davvero paura, cazzo.»

A volte mi faccio paura anch'io.

Amelia alza lo sguardo su di me. I suoi occhi incrociano i miei, mi diventa duro all'istante.

«Smettila di guardarla come se volessi mangiarla. È inquietante.»

«È esattamente quello che vorrei fare in questo momento.»

Da giorni sogno di possederla senza freni, invece mi limito a sfiorarla ogni volta che ne ho l'occasione. Potrei invitarla a cena o stronzate del genere, ma non lo faccio. Voglio portare il livello di sopportazione all'apice, fino a quando entrambi impazziremo di desiderio. Io sono già al limite.

«Scopatela e basta, perché questo gioco non porterà a niente di buono e lo sai. Hai creato personaggi magnifici, nella tua carriera. Sei il migliore in questo, ma lei non è un gioco. Non puoi prevedere le sue mosse e nemmeno le tue.»

«Ho il sospetto che scoparla una volta non mi basterebbe.»

«Appunto. Dille la verità o chiudila subito. Puoi mentire a Clara, non a me. In questo momento sei instabile e non voglio sapere perché hai smesso di prendere le pillole. Per il bene di tutti, ti consiglio di fare un passo indietro.»

Le sue parole mi fanno incazzare. Quello che non sa è che sentirsi privato dell'autonomia di pensiero, perché legata a una pillola, è devastante. Ci si sente veramente matti. Non ho una crisi di ansia da settimane. Sto mantenendo il controllo delle emozioni. I momenti depressivi, quelli che mi hanno quasi ucciso, sono ormai un ricordo. Ho solo qualche problema con le fasi up, quelle che per me non sono viste come un problema, non ne ho percezione, ma so che sono le più dannose, mi sbattano fuori dalla realtà. Chi mi conosce vede una persona capace, intelligente, attiva e sicura di sé. "Molto" è uno dei problemi. Quando mi chiedono perché lavoro così tanto, rispondo che se si ha un'azienda è d'obbligo spingere al massimo. In realtà dovrei rispondere che lo faccio per aggrapparmi a qualcosa. Quando la mia mente è impegnata a creare storie e personaggi, non pensa a farla finita una volta per tutte.

Abbraccio Blake, voglio farlo. Niente mi impedisce di dimostrargli quanto gli voglio bene. È come un fratello per me. Lo faccio incazzare spesso, ha sopportato le mie stronzate e nonostante tutto non mi ha abbandonato. Lo stringo più del dovuto, come se non riuscissi a trovare un equilibrio tra forte e dolce.

«Okay, amico. Basta così.»

Vorrebbe allontanarsi, spingermi via, ma non lo fa. Non riesco ad allentare la presa. Lo stringo ancora di più.

«Grey, smettila.»

Stringo fino a quando sento i muscoli delle braccia tendersi e farmi male. Con uno strattone si libera.

«Basta» ripete respirando a fatica.

Dio, cosa sto facendo? Mi guarda preoccupato. Io mi sento avvilito.

«Va tutto bene» mi rassicura.

Non va bene un cazzo.

«Ritorna in te, Amelia sta venendo qui.»

Mi basta sentire il suo nome per provare una scarica di euforia. Quando la vedo entrare, decido di toccarla prima che il cervello mi scoppi. La prendo per i fianchi, la stringo a me.

«Clara vuole fare uno spuntino» dice sorridendo.

Le bacio i capelli, la fronte, le guance.

«Che stai facendo?»

«Ti rapisco.»

Le metto le mani sul culo e la tiro su. Le sue gambe si intrecciano attorno a me come se fosse naturale. Blake si schiarisce la voce.

«Amico, puoi pensare tu allo spuntino?» chiedo, senza aspettare la risposta. Esco dalla porta di servizio con Amelia avvinghiata a me. Il cuore batte così veloce che potrei urlare di gioia. Lei ridacchia tutto il tempo mentre percorro i gradini che portano a una parte del bosco, lontano da tutto e tutti.

«Grey, ho un appuntamento tra un'ora. Qualunque cosa tu stia pensando di fare, non c'è tempo.»

«Per una simulazione c'è sempre tempo» dico sbattendole la schiena contro l'albero. Voglio baciarla.

Voglio infilarle la lingua in bocca fino a farle mancare il respiro. Non ho alternative.

«Sei un sogno, cazzo.»

«Un sogno bello?» chiede fissandomi le labbra, maliziosa.

«Il più bello.»

Adoro il suo sorriso. Gli occhi pieni di aspettative. La voglia di possederla mi divora.

«Baciami» sussurra sulle mie labbra.

«Non guardarmi così.»

La mia è una supplica. C'è troppa curiosità nei suoi occhi, troppo desiderio.

«Così come?»

«Come se mi volessi davvero.»

«Ti voglio davvero.»

L'euforia lascia il posto al nervosismo. Mi vorrebbe se sapesse cosa sono? Non mi accetterebbe mai.

«Grey, concentrati su di me.»

Non dovrebbe capire che per un attimo sono stato assente, nascosto nella mia mente incasinata. Mi conosce solo da pochi giorni, ma sembra comprendermi con uno sguardo. Mi sento nudo e vulnerabile, davanti a tanta comprensione. Il disagio scompare non appena le sue labbra esigono le mie. La bacio come un disperato, non riesco ad essere dolce. La mia lingua si fa strada senza chiedere il permesso. I denti affondano sulla carne morbida e calda. Ogni gemito che le sfugge crea un'eccitazione in me che non sarà facile controllare. Mi accarezza i capelli, li stringe. Sussurra il mio nome quando le bacio il collo, le guance e ancora le labbra. Non riesco a identificare l'emozione che provo. Non c'è solo desiderio, quando stringe le gambe attorno a me. Non è solo ossessione, ogni volta che la tocco per assicurarmi che sia davvero qui. L'intensità del suo sguardo mi mozza il respiro e mi terrorizza allo stesso tempo. Spingo la lingua nella sua bocca mentre stringe la mia erezione nella mano. Mi vuole, lo sento in ogni parte di me.

«Vorrei restare, davvero, ma devo andare» boccheggia per riprendere fiato.

La metto giù, ma non smetto di stringerla. La voglio così tanto che vederla andare sarà come ricevere un pugno nello stomaco. Non avevo previsto di provare così tante emozioni, tutte nello stesso istante. Non succede mai.

Si sistema i capelli e la maglietta. Un lieve rossore le dipinge le guance. È così bella, cazzo. Non voglio lasciarla andare.

«Farò tardi se non mi lasci.»

Vorrei inginocchiarmi e implorarla di farmi sentire così bene ogni fottuto giorno.

«Dillo.»

La obbligo a guardarmi. Capirà a cosa mi riferisco?

Ci pensa un attimo, studia la mia espressione che, sono sicuro, le sta dicendo più di quanto vorrei.

«Ci vediamo domani» afferma con un sorrisetto compiaciuto. La lascio andare, non prima di averle dato un bacio al quale penserà fino a quando ci rivedremo. Stringo i pugni lungo i fianchi e pianto i piedi nel terreno per non correrle dietro. Chiudo gli occhi e mi concentro sulla direzione del vento. Se non sfogherò l'eccesso di eccitazione che mi sta consumando, andrò a fuoco.

«Ho cambiato idea.»

La sua voce impertinente mi costringe a riaprire gli occhi.

«Questo è il mio indirizzo, ti aspetto per cena.»

Prendo il biglietto con dita tremanti. Penso alle otto fottute ore che dovrò aspettare per toccarla.

«Non perdere tempo a farti bello, perché non appena varcherai la soglia del mio appartamento, ti strapperò di dosso i vestiti. Porta solo pizza e birra, non mi serve altro per essere felice e appagata.»

«È un appuntamento?» chiedo spavaldo per camuffare l'ansia che mi divora.

«Sarà qualunque cosa tu voglia, Grey.»

Si allontana correndo, inconsapevole del fatto che conosco già il suo indirizzo e che la osservo da prima che ci conoscessimo ufficialmente. Questo mi fa vergognare, ma il bisogno compulsivo di organizzare tutto nei minimi dettagli mi ha costretto ad agire di conseguenza. Ci sono persone che pensano sia sbagliato avere il controllo su tutto. Per me è indispensabile.

Ritorno a casa con una sensazione di ansia che mi comprime il petto.

«Amelia è andata via?»

«Sì» rispondo sedendomi accanto a lei. L'album delle foto è ancora aperto sulle sue gambe.

«Ho cercato di dissuaderla, di farla scappare, perché pensavo che la sua presenza ti avrebbe innervosito, invece… È forte, sensibile e divertente.»

Mi prende la mano, mi guarda con un luccichio strano negli occhi.

«Comportati bene e dalle la possibilità di renderti felice. Hai così tanto bisogno di amore, tesoro.»

«Non lo so.»

«Falla entrare qui.»

Appoggia la mano sul mio petto, sul punto in cui c'è il tatuaggio in memoria di colui che ho ucciso.

«Permettiti di essere felice.»

Piango senza riuscire a trattenermi, tra le braccia del mio angelo. Vorrei avere la sua forza, invece sono un vigliacco che nega l'evidenza.

Amelia

Ho cercato di ignorare il tempo che è scorso lentamente per tutto il pomeriggio. Ho lavorato con due pazienti. Sono tornata al centro per fare il punto della situazione con Debra. Ho preparato il calendario degli appuntamenti per la prossima settimana.
Ho detto a Emily che stasera lo vedrò. Il suo entusiasmo mi ha stordita e sono contenta che approvi la mia scelta. Sarò spontanea e farò solo ciò che voglio. L'istinto mi dice che non sarà un errore, considerando che quando sento il campanello il mio cuore esulta senza freni.

Indosso solo una maglietta che arriva a metà coscia e lascia le spalle scoperte. Non mi sono acconciata i capelli, li ho lasciati morbidi che scendono sulla schiena. Greyson mi vede tutti i giorni in tenuta sportiva, è abituato alla mia semplicità. Apro la porta sorridendo. Anche lui ha scelto un look casual. Maglietta grigia e jeans a vita bassa, ma la sua bellezza mi sconvolge lo stesso.

Faccio un passo indietro per farlo entrare. Non si guarda intorno, non studia l'ambiente. È totalmente concentrato su di me. Tiene in mano il cartone della pizza e una confezione di birra da sei. Perfetto! Appoggia tutto sul tavolo del soggiorno.

«Allora, questa sera sei nel mio territorio.»

«Non farà alcuna differenza» dice con voce roca che mi fa eccitare all'istante. I suoi occhi sono un misto di desiderio e sfida.

«Prima di fare qualunque cosa, ho bisogno di informazioni.»

«Spara!»

Incrocia le braccia sul petto. Non mi sfuggono i bicipiti gonfi e sexy, coperti da tatuaggi.

«Malattie sessualmente trasmissibili?»

«No.»

«Sei sposato?»

Inarca un sopracciglio.

«No.»

«Problemi con la legge?»

«No.»

«Bene, mi sento più tranquilla.»

Lo prendo in giro e lui sta al gioco.

«Tutto qui?» chiede aggrottando le sopracciglia.

Non rispondo verbalmente. Mi fiondo sulle sue labbra. Sono attratta da lui dal primo giorno e per delle ragioni a me sconosciute. Inutile tirarla per le lunghe. Mi concentro su ogni tocco della lingua calda e invitante. Affondo le dita sulle sue spalle forti. Ogni gemito, ogni verso di piacere che produce mi fa sentire sfacciata come mai prima d'ora. Mi stringe come se avesse bisogno di sentire ogni fibra del mio corpo. Mi prende per le cosce e mi tira su, schiacciandomi contro la parete. Spinge il bacino in avanti per non lasciare spazio a dubbi sulla sua eccitazione. Una mano stringe il seno, l'altra appare come per magia tra le mie gambe. Geme ancora di più quando sente la mia eccitazione. Sfiora la parte più sensibile facendomi boccheggiare. Gli addominali si contraggono al mio tocco. Tira su l'orlo della maglietta fino a sfilarla del tutto. Sono estasiata da ciò che vedo. Pettorali ampi e muscolosi che avevo già visto quella mattina in spiaggia, ma che non avevo avuto il piacere di toccare. Mi bacia il collo, morde e lecca fino a farmi impazzire. Mi rimette giù senza interrompere il contatto visivo. Dovrei dire qualcosa? O dovrebbe dirla lui? Siamo troppo eccitati per parlare. Siamo puro istinto. Quando la mia maglietta cade sul pavimento, il suo sguardo è di adorazione. Sospira e chiude gli occhi, li riapre subito dopo mostrandomi lussuria. Guarda il tavolo e capisco cosa vuole come se gli leggessi nel pensiero. Mi siedo sul bordo aprendo le gambe. Mi salta addosso in un secondo. Cerco di slacciare la cintura, ma non me lo permette. Mi spinge giù dal bordo e mi fa girare. Appoggio le mani per reggermi. Mi tocca la schiena facendo pressione fino al sedere. Mi accarezza con devozione, poi stringe le dita sui fianchi. Sono completamente a sua disposizione. Mi penetra con due dita, i miei fianchi spingono contro la sua mano senza controllo. Mi godo ogni carezza, fino a quando mi afferra per i capelli costringendomi a girare la testa da un lato. Ancora un bacio, lungo e bellissimo. Sento addosso il tessuto dei jeans, si muove come se fosse già dentro di me. Porto la mano dietro la schiena e mi blocca di nuovo. Lo sento sorridere e, se non fossi tanto eccitata, lo prenderei a calci per la tortura che si diverte a infliggermi. Mi bacia con disperazione e non riesco più a respirare quando lo sento davvero. Sistemo i piedi e inarco la schiena, concedendomi completamente. Strofina il naso sul mio collo mentre entra con lentezza snervante, quasi a voler prolungare il desiderio. Un ringhio gutturale gli sfugge dalla gola. Non mi concede molto tempo per abituarmi all'intrusione. Sento un fremito che si propaga su tutto il corpo. Ha il controllo completo su di me e lo adoro. Mi scopa così forte che quando sento l'orgasmo arrivare stringo la presa sul mobile, ancora di più. Mi afferra i fianchi, prolungando il mio godimento e raggiungendo il suo. Crolla sulla mia schiena, il respiro bollente sul collo.

«Fine della simulazione» sussurra.

«Fine della simulazione» ripeto sorridendo.

Inspira come se stesse per dire qualcos'altro, ma non lo fa. Mi bacia lentamente la schiena, fino a quando non sento più il calore del suo corpo. Mi giro, il cuore mi batte all'impazzata. Dove diavolo è andato? Sento sbattere la porta del bagno. È vero che l'appartamento è piccolo, ma mi sorprende il suo senso dell'orientamento. Infilo velocemente la maglietta. Busso e non ricevo risposta. Sono indecisa sul da farsi. Sento che c'è qualcosa che non va. Apro lentamente la porta, tutto avrei immaginato tranne di trovarlo seduto sul pavimento. Si passa una mano tra i capelli, incasinando le ciocche bionde ancora più di quanto abbia fatto io. Respira velocemente. Gli occhi spalancati come se avesse visto qualcosa di terribile. Mi inginocchio davanti a lui senza pensare a cosa sto facendo. È stravolto e l'istinto mi dice di abbracciarlo per consolarlo. Per liberarlo da qualsiasi cosa gli stia facendo male. Guardo i tatuaggi sul petto, intricati disegni che esprimono un magnifico caos. Le strisce spesse e completamente nere gli coprono i polsi. Il nome *Andy* tatuato all'altezza del cuore. Non dovrei provare gelosia per quattro lettere, eppure è così. Allungo la mano per toccargli il viso. Quando gli sfioro la guancia, sussulta spaventato. Apre e chiude gli occhi, mettendomi a fuoco.

«Sei qui» sussurra come se mi vedesse solo ora.

Sembra vulnerabile e non so cosa stia pensando in questo momento. Non sopporto di vederlo così. All'improvviso mi abbraccia, cogliendomi di sorpresa.

«Che ne dici se torniamo di là?» chiedo sperando di stemperare la tensione.

«Dico che è una buona idea.»

«Ho fatto qualcosa di sbagliato?»

La domanda salta fuori senza rendermene conto.

«No. È stato troppo intenso e…»

«Bellissimo» finisco la frase per lui.

«Sì, dovremmo rifarlo.»

«Ci conto.»

Mi guarda e sorride. È tornato da me. Mi alzo e gli porgo la mano che prende senza problemi.

«Dammi un minuto.»

Adesso sono io che ho bisogno di privacy. Annuisce, mi dà un bacio ed esce. Mi sento frastornata da quanto è appena successo, ma non voglio pensarci troppo.

Lo raggiungo nel soggiorno poco dopo. È seduto sul divano, in attesa. Prendo il cartone della pizza, lui apre le gambe. Mi siedo incastrandomi perfettamente.

«Si è raffreddata» dico passandogli una fetta.

«Non fa niente. È buona lo stesso.»

Con la mano libera mi accarezza la coscia, come se non potesse fare a meno di toccarmi. Decido di fare conversazione, solo per accertarmi che stia bene e che qualunque cosa sia successa un paio di minuti fa non succeda più.

«Stai lavorando a qualcosa di importante?»

«Lavoro sempre a qualcosa di importante, non posso farne a meno. Anche se ultimamente sono parecchio distratto.»

«Ah, sì?»

Solleva il bacino e mi sfugge una risata quando sento l'erezione dietro di me.

«È colpa tua, signorina Stone.»

«Non posso dire che mi dispiaccia.»

Mangiamo tranquilli, parlando come se fosse naturale stare abbracciati in questo modo. Mi alzo per prendere da bere.

«Torna qui.»

«Senti già la mia mancanza?» chiedo maliziosa.

«Ho paura che la sentirò sempre.»

La risposta mi spiazza per un secondo. Non dovrebbe guardarmi come se fossi un bene prezioso, eppure lo fa. Mi metto a cavalcioni su di lui, tenendo la birra in mano.

«A cosa stai pensando, signor creativo?»

«A tutto e a niente.»

Questo sorriso mi ucciderà, prima o poi. Prende la bottiglia e beve un sorso.

«Hai Netflix?»

Non mi aspettavo questa domanda, annuisco e prendo il telecomando. Lo prende e senza smettere di toccarmi, preme il pulsante di accensione. Il televisore appeso al muro dietro di me, si accende. Cerca qualcosa nella home, concentrato.

«Vuoi guardare la tv?»

«No, voglio spiegarti il mio lavoro in trenta secondi. Così chiudiamo il discorso e potrò scoparti di nuovo.»

Oh, mio Dio!

«Guarda» dice indicando lo schermo. Mi giro dandogli le spalle.

«Un trailer?»

«Solo trenta secondi.»

L'ho già visto.

«È la nuova serie che andrà in onda la prossima settimana. Ho visto la prima stagione e mi è piaciuta molto.»

Anche Emily è una grande fan di World of King. La serie è tratta da un videogioco. Parte il trailer. Mostri, guerrieri, un re spietato, un mondo distopico e affascinante. Non ho mai giocato, ma i miei colleghi ne sono stregati.

«Attenta ai titoli di coda.»

Leggo velocemente.

Dal creatore di World of King, il gioco pluripremiato, vincitore del premio Spike Video Game Award, Greyson King.

Sono sconvolta!

«Tu sei… Hai inventato tu il gioco?»

«Sì» risponde quasi annoiato. Quasi, perché c'è un luccichio di orgoglio nei suoi occhi. Non sono un'esperta, ma frequento i social. Ho visto centinaia di post su questo videogame.

«I miei colleghi pagherebbero per conoscerti.»

«Vuoi consegnarmi a loro?»

«No, voglio tenerti tutto per me.»

«Accetto.»

«Ho appena scopato con una star del web» esclamo teatralmente.

«Tecnicamente, hai appena scopato con il presidente della Blizzard King.»

Non lo dice per vantarsi, anzi. Sembra che questo dettaglio non sia importante per lui.

«Ho fame.»

Non so come riesce a cambiare atteggiamento in pochi secondi. Gli passo un'altra fetta.

«Non quel genere di fame.»

Desiderio e lussuria si alternano nei suoi occhi. Mio Dio, sarà una lunga notte e ne uscirò distrutta e non vorrei nulla di diverso. Mi fa alzare, lui rimane seduto. Prendendomi le mani mi aiuta a salire sul divano, in piedi. Allargo le gambe. La sua bocca è davanti alla mia intimità. Si lecca le labbra, dopo mi divora afferrandomi il sedere per avvicinarmi ancora di più. La lingua gioca con il clitoride, i denti mordicchiano e io sento vibrare muscoli che non sapevo di avere. Se questo non è il paradiso, non so cosa sia.

Sono quasi le due di notte quando ci arrendiamo alla stanchezza. È ancora qui, e la cosa non dovrebbe piacermi tanto. Ho la testa appoggiata sul suo petto, le braccia mi stringono. Sono felice che stiamo bene, anche se non potremo stare così bene ogni giorno. È stato chiaro fin dall'inizio, e anch'io. Vorrei guardarlo negli occhi, vedere la sua espressione in questo momento. È rilassata come la mia? Potremmo spaventarci entrambi e non voglio, ma sono impulsiva. Alzo lo sguardo su di lui. Ci sono tante emozioni diverse nei suoi occhi. Paura, desiderio, bisogno. Le stesse che provo io. Cosa si nasconde dietro questo viso bellissimo? C'è qualcosa che vorrebbe dirmi ma esita. Prende la mia mano, la appoggia sul petto. Intreccia le dita alle mie. Il mio cuore non vuole smettere di battere così forte, neanche il suo.

«Ti vedrò, domani?» chiede spezzando il silenzio.

«Ho un impegno, ma…»

Non finisco la frase. Si alza di scatto e scende dal letto. Gloriosamente nudo, si ferma davanti a me. Stringe i pugni, sembra arrabbiato.

«Grey…»

«Devo andare.»

Infila i jeans con movimenti frenetici. Come se avesse fretta di andare via. Di scappare via da me. Questo cambiamento mi sconvolge non poco. Che ho detto? Cerca la scarpa e quando non la trova si innervosisce ancora di più.

«Cazzo!»

Mi alzo e lo raggiungo. Gli prendo il viso tra le mani.

«No!» urla stringendo i denti. Adesso è furioso.

«Che succede?»

Mi si gonfiano gli occhi di lacrime e mi sento una stupida. Trova la maledetta scarpa, apre la porta e la sbatte dietro di sé. Il mio corpo viene scosso da lunghi singhiozzi silenziosi e mi prenderei a calci per l'eccesso di emotività. Cosa abbiamo condiviso stanotte? Me lo sono immaginato, tutto quel trasporto? Ho visto solo ciò che volevo vedere? Mi aspettavo qualcosa di diverso da una scopata senza complicazioni? Non lo so, sono terrorizzata all'idea che sia già finito tutto.

Greyson

Non ho mai odiato tanto la domenica, cazzo. A quanto pare, Amelia non rinuncia per niente al mondo a pranzare con la famiglia. Ripenso a quello che è successo. Avrei potuto mandare tutto a puttane quando sono scappato in bagno, anche se ho resistito. Ho mantenuto il controllo, mentre l'ansia mi stava divorando. Stare dentro di lei è stato così intenso da essere doloroso. Un'attrazione primitiva, un desiderio carnale, mi sono sentito perso. Dopo, lei ha ripreso il controllo della situazione facendomi riemergere dall'abisso, anche questo mi ha scombussolato. Il desiderio di assaggiare il suo sapore mi ha fatto rimanere lucido, ma quando ha detto che non ci saremmo visti oggi, sono andato fuori di testa. Non sono riuscito a calmare la tempesta, la rabbia che mi scuoteva l'anima. Probabilmente l'ho spaventata abbastanza da non rivederla mai più. Non ha detto niente alla sua amica di quello che è successo. Si è limitata a definire la nostra serata "un tornado di emozioni". Anche attraverso un messaggio ho capito di averla delusa. Se l'avessi fatta parlare, avrei saputo che è impegnata stasera con Emily, quindi potevamo vederci nel pomeriggio. Ho letto tutti i messaggi sul mio portatile, quelli che arrivano ogni volta che ne riceve uno. Quello che sto facendo è moralmente sbagliato, ma ho bisogno di controllare la situazione. I miei collaboratori non fanno caso alle mie manie. Non sono preoccupati dai miei cambiamenti d'umore perché li ho sempre nascosti bene, come un cazzo di robot che non prova emozioni. Non sanno che se sono felice sto male. Se sono triste è la stessa cosa.

Controllare Amelia mi dà la possibilità di gestire meglio le cose perché non voglio una relazione. Sarei solo un peso, come lo sono stato per i miei genitori, che non ci hanno pensato due volte a voltarmi le spalle. Non facevano altro che imbottirmi di farmaci per farmi stare buono, per contenere le emozioni.

Mio padre voleva un figlio degno di entrare nell'esercito come lui, invece l'ho deluso. Aveva riposto le ultime speranze nel figlio minore e io gliel'ho portato via. Non ricordo l'ultima volta che mi sono sentito vivo, ma Amelia, non so come, è riuscita a farsi strada nell'oscurità della mia mente. La sua voce, gli occhi, il sorriso rendono tutto così luminoso da accecare la mia vita di merda. Non provavo qualcosa del genere da molti anni e adesso ne voglio di più, a modo mio.

Mi riscuoto dai miei pensieri quando nonna mi fa cenno di raggiungerla. Voleva stare un po' sulla spiaggia a guardare il tramonto. L'ho accontentata con l'aiuto di Blake. Ha fatto molti progressi, anche se ha ancora bisogno di sostegno per scendere i gradini del portico, gli stessi sui quali scivolò mesi fa. È stata colpa mia. Erano ricoperti di ghiaccio e non avevo controllato prima di farla uscire. Lei liquidò l'incidente dicendo che era stata sbadata, io so che non è così.

Mi accoglie con un sorriso, seduta sotto il gazebo che ho montato per lei. Il giradischi suona musica anni '60, la sua preferita. È una sostenitrice del vinile.

Blake beve birra gelata e ne passa una a me. La temperatura è gradevole, l'estate è alle porte. Sarebbe un momento sereno se nella mia testa non ci fosse il caos.

«I miei ragazzi» dice guardandoci con affetto. Cosa farei senza di lei? Morirei, sicuro.

«Cerca di rimetterti in sesto, nonna, mi devi un ballo.»

«Amelia sta facendo un lavoro meraviglioso su queste vecchie gambe, ritornerò a sgambettare tra non molto. Quella ragazza è un angelo.»

Sì, un angelo venuto dal cielo per punirmi.

Blake mi rivolge un'occhiata preoccupata, cerca di decifrare i cambiamenti e ci riesce novanta volte su cento.

«È bellissimo» sospira guardando il sole, che scompare lentamente all'orizzonte.

Nonno le chiese di sposarla davanti a un tramonto come questo. Mi manca molto, era un uomo buono e amava la moglie più di qualsiasi cosa al mondo.

Torniamo in casa quando scende l'umidità. Blake mi aiuta a sistemare mentre nonna si stende sul letto.

«Ti ricordo che abbiamo in programma la conferenza per il lancio della nuova serie» dice sistemando le sedie. È incazzato, e sono quasi sicuro che il motivo sono io. «Te lo dico perché se decidi di andare in quel locale e ti fai arrestare per rissa, mandi a puttane mesi di lavoro.»

Gli ho accennato qualcosa, ma sembra non averla presa bene. Prendo il vassoio con i bicchieri e il succo dietetico che nonna non ha finito di bere. È diabetica e sto molto attento alla sua alimentazione, anche se qualche volta mi frega e mangia di nascosto.

«So che forse non te ne frega un cazzo, considerando che ti nascondi qui invece di dirigere l'azienda dalla sede centrale.»

Che è a Boston, ma io sto bene qui.

«Hanno inventato le webcam proprio per evitare a un solitario come me di stare al centro dell'attenzione» ribatto ironico.

«Sì, e tu sei il fottuto genio dei computer, non è così? Entri dove vuoi e quando vuoi. Violi ogni regola morale spiando una donna senza il suo permesso, solo per soddisfare il tuo bisogno maniacale di controllo.»

Non è d'accordo sulla mia condotta, ma non me ne frega un cazzo e lo guardo dritto negli occhi affinché lo capisca.

«Non ho paura del tuo lato fuori controllo, King. Ti sto attaccato al culo da quando eravamo piccoli segaioli e continuo a farlo perché non voglio che ti succeda qualcosa di brutto.»

Vorrei dirgli che apprezzo il suo affetto, le parole non escono. Siamo uno di fronte all'altro. Il mio migliore amico si aspetta che gli dia ragione, ma non succede perché non riesco a pentirmi. Vivo in un'apparente armonia, ho più soldi di quelli che potrei spendere. Nel mio garage ci sono venti moto, tra le quali un paio d'epoca, molto costose. Guido un Hummer con i finestrini oscurati, ma possiedo anche una Porsche, che non guido mai. Ho tante cose e posso comprarne altre. Potrei non creare altri giochi e vivere comodamente di rendita con i diritti d'autore. A cosa serve tutto questo, se il mio migliore amico mi guarda come se fossi il male in persona? Se il mio braccio destro crede che stia facendo solo stronzate? A niente, non serve a niente.

«Amico, se ci tieni a me, smettila di parlare.»

«Oh, no. Ho appena cominciato.»

Mi prende il braccio e stringe la presa.

«Sei imprevedibile, lo sei sempre stato. Ma ti sto chiedendo di non mandare tutto all'aria. Amelia non può sapere cosa l'aspetta se si affeziona a te. Se ci tieni, dille la verità. Perché più in alto la porterai, più sarà dolorosa la caduta. Se dovesse scoprire che la controlli, che leggi i suoi messaggi, che hai disegnato un personaggio con le sue sembianze, cosa direbbe? Ti annoi facilmente, lo so. Ma quando ti annoierai sul serio, che ne sarà di lei?»

Voglio solo che smetta di parlare, subito. Non voglio più ascoltarlo.

«Non le ho promesso niente!» urlo stringendo i pugni.

«Sì, invece. Ogni volta che la guardi, le prometti qualcosa.»

«Non è vero. Sono stato chiaro con lei.»

«L'hai trasformata in un'ossessione, quando invece potrebbe essere la volta buona che esci da quel pozzo nero che è la tua vita.»

All'improvviso mi sento molto stanco, ma questo non mi fermerà. Ho bisogno di vederla, anche se sarò costretto a farmi prendere a pugni da Blake.

«Non ho scelta» dico sincero.

Blake sospira, è stanco anche lui.

«Se vuoi andare, verrò con te. E su questo punto non si discute. Se ti manderà al diavolo, torneremo a casa. In silenzio e senza fare scenate.»

Annuisco.

«Vai a prepararti e indossa qualcosa di consono, altrimenti ti prenderanno per uno straccione. Magari indossa le Nike da milletrecento dollari che ti ho regalato a Natale, stronzo ingrato.»

Sono ancora nella scatola, mai usate. Mi piacevano quando le ho viste, ho cambiato idea dopo cinque minuti.

«Prometti di non fare casini.»

«Prometto.»

«E visto che ci sei, mi darai un bonus perché sono tuo complice in questa follia.»

«Va bene.»

«Tento un azzardo, baciami!»

Lo spingo prima che mi baci sul serio. Ho già chiamato zia Isabelle che farà compagnia alla sorella, mentre non ci sono. È stata contenta di sapere che uscirò per svagarmi un po'. Non faccio molta vita mondana, ma stanotte andrò in quel locale per chiedere scusa e prego

che la ragazza più bella del mondo mi perdoni. Altrimenti
sono fottuto.

Capitolo 9

Amelia

Emily applica altro rossetto sulle labbra perfette. Indossa un top e una gonna lunga fino al ginocchio con uno spacco vertiginoso. È una bomba e sa di esserlo. Abbiamo programmato questa uscita un mese fa. Tra gli impegni di entrambe è passato molto tempo dall'ultima volta che siamo uscite insieme. Il mio umore non è dei migliori, ma farò il possibile per godermi questa serata. Ho scelto un vestito nero senza spalline, abbinando un paio di sandali con il tacco. Attiriamo l'attenzione di molti uomini non appena entriamo nel locale, quello da cui vorrei essere ammirata non è qui.

«Perché non l'hai invitato?» chiede, bevendo il suo Mojito.

«Perché sarebbe stato un appuntamento.»

«E allora? Va bene scoparlo, ma non uscirci insieme?»

Non le ho detto che, dopo quella che è stata la migliore scopata della mia vita, se n'è andato senza dire una parola. Brucia ancora se ci penso. Non che mi aspettassi una telefonata per sapere cosa gli sia passato per la testa, ma qualcosa mi aspettavo, dopo quello che abbiamo condiviso.

«Quindi hai scopato con il re dei videogiochi e non gli hai chiesto un autografo per me? Sei un'amica di merda. Mi aspetto che tu lo chieda la prossima volta.»

Se ci sarà una prossima volta.

«Anzi, lo farai domani dopo aver strapazzato la signora Ellis.»

Già, domani sarò costretta a vederlo e non so proprio cosa succederà. Ripenso ai suoi occhi piena di rabbia, è stato orribile.

Emily prende il telefono per controllare le notifiche su Instagram. È costantemente informata sulle novità che riguardano il gioco creato da Greyson. Nel frattempo mi guardo intorno. La gente si diverte, beve, balla. È un locale molto cool, almeno per gli standard della mia amica.

Poker face di Lady Gaga tuona dalle casse.

«Guarda qui! In occasione della seconda serie su Netflix, mister strafigo King parteciperà a una conferenza stampa per ringraziare i milioni di fan.»

Non riesco a immaginarlo mentre parla ai giornalisti. Mi sembra un tipo solitario, volutamente riservato. Insomma, ha comprato una spiaggia per non avere a che fare con le persone.

«Sarà grandioso! Non si fa vedere spesso di fronte alle telecamere. Forse è timido.»

«Considerando come abbiamo fatto sesso, la timidezza non gli si addice.»

Un sorriso enorme compare sul suo viso. Non le ho raccontato i particolari e spera ancora che lo farò.

«Andiamo a ballare» dice trascinandomi sulla pista affollata.

Ballo e cerco di divertirmi. Me lo merito, dopo aver passato la notte a pensare a quello stronzo. Lo voglio, anche se mi ha ferita e la cosa mi innervosisce. Percepisco una sensazione di calore sulla nuca e un brivido lungo la schiena. Ormai lo sento arrivare prima di vederlo. Mi guardo intorno e quasi smetto di respirare quando lo vedo.

«Ciao Amelia.»

Mi giro per trovarmi davanti Blake.

«È un piacere vederti.»

Che diavolo ci fanno qui? Perché Greyson è qui?

«Adoro questa canzone» esclama in estasi.

Balla a ritmo, impedendomi di vedere il suo amico. Emily lo guarda curiosa. Li presento velocemente prima che le venga una crisi isterica. Blake appoggia una mano sulla mia schiena. Mi irrigidisco.

«Non preoccuparti, tesoro. Ho gusti sessuali particolari, non sono una minaccia. Greyson vuole parlarti.»

«Perché ha mandato te?»

«Perché non può farsi arrestare. È già tanto che sia rimasto fermo laggiù quando ha visto quel coglione che ci provava con te.»

Cosa gliene frega se ballo con un uomo? Sono confusa, ma avrò la risposta solo se andrò a parlarci.

Blake vede la mia incertezza.

«Amelia, per favore. È importante. So cosa è successo e posso assicurarti che è dispiaciuto. È solo sotto pressione per la conferenza stampa.»

I suoi occhi scuri sono sinceri, anche se non so quanto servirà parlarne. Non so perché gli permetto di scortarmi fino al parcheggio e più tardi dovrò spiegare a Emily tante cose. Per il momento resta dov'è perché ha capito che è importante. Greyson ci aspetta fuori, le spalle curve e gli occhi piantati a terra. Quando Blake rientra nel locale, si avvicina. Odio che sia tanto bello con i jeans, la camicia che aderisce al petto muscoloso. I capelli incasinati e selvaggi. La sua bellezza mi sconvolge, sempre di più.

«Sei arrabbiata con me?»

Mantiene le distanze ed è un bene. Nonostante la rabbia, lo desidero come non ho mai desiderato un uomo.

«Abbiamo fatto sesso stellare, secondo me. Poi te ne sei andato come se fosse stata la scopata più orribile della tua vita. Non dovrei essere arrabbiata?»

«Mi dispiace.»

«Non dispiacerti. Abbiamo chiarito le cose dall'inizio. Non posso pretendere spiegazioni per il modo in cui ti sei comportato, e neanche tu dovresti chiedermi se sono arrabbiata. Va tutto bene. Forse non ho soddisfatto le tue aspettative. Se sei preoccupato per Clara, sappi che sono una professionista e continuerò a fare il mio lavoro. Quello che è successo non cambierà le cose tra me e lei.»

Ho parlato senza prendere fiato, di getto. Mi guarda inespressivo, come se non avesse sentito nemmeno una parola. La rabbia che avevo gestito tanto bene sale di colpo. Mi giro per rientrare nel locale, ma lui mi prende per il gomito e mi spinge tra le sue braccia. Subito dopo la mano è sui miei capelli e le labbra si abbattono sulle mie. Il suo sapore mi travolge senza preavviso e il mio corpo vibra dalla testa ai piedi. A malapena riesco a prendere fiato mentre mi bacia come se gli fossi mancata come l'aria. Le sue dita scivolano sotto l'orlo del vestito, risalendo fino ad arrivare sul sedere. Lo stringe, gemo. Mi mordicchia il labbro e sento il calore tanto familiare che si irradia in mezzo alle gambe. È solo la mia immaginazione? È davvero qui a venerarmi come ha fatto quella sera? Mentre trovo la risposta, si allontana all'improvviso.

«Amelia» annaspa senza fiato.

Anch'io ho un problema di respirazione.

«Ci sono cose che non sai di me e odio me stesso per non volertele dire, ma è necessario che le cose restino così.»

Riprendo fiato prima di parlare. Solo lui è capace di farmi eccitare e sconvolgermi allo stesso tempo.

«Prima mi vuoi, poi ti allontani. Cosa vuoi da me? Cosa mi nascondi, Grey?»

Abbassa lo sguardo per paura che io veda quanto è combattuto, ma non ho bisogno di vederlo. Lo sento. Insisto perché se non lo faccio ora non avrò il coraggio dopo.

«Non ti ho chiesto una relazione. Non ti ho chiesto di più, ma…»

«E se io volessi di più, e non potessi dartelo?»

«Non te l'ho chiesto.»

«Io voglio di più» urla sgranando gli occhi.

Dio mio, ecco di nuovo quella rabbia, quella devastazione nei suoi occhi. Mi abbraccia ancora e non so se sono io a tenerlo in piedi o viceversa. Mi sento così confusa e debole, davanti a lui. Sento che soffre, ma non capisco perché. Ha qualcosa di spaventoso dentro, eppure l'istinto mi obbliga a non lasciarlo andare. A sostenerlo ancora di più. Voglio risposte e allo stesso tempo ho paura di sapere. Mi prende per mano, apre lo sportello della sua macchina. Entro mentre lui fa il giro. Seguono alcuni secondi di silenzio che schiaccia entrambi. Appoggia la testa sul volante. Respira velocemente.

«Mi sono detto che saresti stata solo un bisogno momentaneo, una scopata senza conseguenze, ma ho mentito a me stesso.»

«Abbiamo mentito entrambi, allora.»

Alza la testa di scatto. E Dio, i suoi occhi mi inchiodano.

«Tu mi vedi, Amelia. È questo che mi spaventa, e non dovrei permetterti di andare oltre.»

«Permettimelo, invece.»

Ignoro il cuore che batte così forte. La ragione che dovrebbe bloccarmi. Mi metto a cavalcioni su di lui senza dargli il tempo di opporsi. Gli prendo il viso tra le mani. Lo guardo per fargli capire ciò che provo.

«Non posso tornare indietro dopo questo» sussurra smarrito.

«Allora non farlo.»

«Non sono all'altezza. È una cosa più grande di me, non riuscirò a gestirla.»

«Lascialo decidere a me se sei all'altezza, e la gestiremo insieme.»

Lo bacio con passione. Sorride sulla mia bocca perché ha capito che il pensiero della mancata intimità mi ha sfiorato.

«Sono oscurati. Non permetterei a nessuno di guardare mentre mi scopi.»

Ridacchio quando qualcuno bussa sui finestrini, perché so esattamente chi è.

«Sarà meglio che esci da lì per presentarmi il tuo nuovo giocattolino sessuale, Amelia!» urla, la matta.

Greyson mi guarda stranito e non ha idea di cosa lo aspetta.

«Giocattolino sessuale?» chiede inarcando le sopracciglia. Ridacchio ancora di più.

«Non mi dispiace l'idea, basta che non mi butti via quando ti sarai stancata di giocare.»

«Non succederà» lo rassicuro.

Ci ricomponiamo prima di scendere dall'auto. Adesso è nervoso, gli prendo la mano per fargli capire che non deve preoccuparsi. So gestire Emily.

«Finalmente! Allora è questo l'aspetto di un re?»

Emily non conosce le mezze misure.

«Sono Greyson, piacere di conoscerti.»

Tende la mano. Lei, invece di stringerla, gli salta addosso stringendogli le braccia al collo. Greyson ha un momento di smarrimento, mentre Blake ride come un matto. È una scena esilarante, in effetti.

«Sono una tua grande fan! Il tuo gioco è fantastico.»

«Grazie.»

Decido di intervenire prima che il mio giocattolo decida di darsela a gambe. Blake mi precede invitandola a dargli la mano.

«Torniamo dentro, dolcezza. Ti faccio vedere come balla un vero uomo.»

Emily salta sul posto, eccitata. A quanto pare Blake le piace, anche se non so come andrà a finire tra loro, considerando i gusti sessuali di entrambi. Grey mi osserva e sorride forzatamente. È a disagio, di nuovo.

«Restiamo solo un po' e dopo ce la svigniamo, così faremo tanto sesso nel mio appartamento. Ci stai?»

Annuisce mordendosi il labbro.

«E stavolta prometti che non scapperai.»

Ci pensa un attimo. Dopo mi afferra per il sedere facendomi sentire l'erezione pronta e perfetta.

«Prometto.»

Voglio crederci. Devo crederci. Sono troppo coinvolta, ormai. Prima di entrare si ferma. Vedo fiamme e fuoco nei suoi occhi.

«Sei bella ogni giorno, ma in questo momento sei indefinibile. Ce l'ho duro da quando sono arrivato e sono sicuro che molti uomini lì dentro la pensano come me.»
«Ti starò attaccata come una ventosa» sussurro parlandogli a pochi centimetri dall'orecchio. «Solo tu hai il permesso di toccarmi» continuo maliziosa.
«Appena la tua amica sarà distratta, ti porterò in bagno e ti scoperò. Non posso aspettare di tornare a casa.»
Gli credo sulla parola, so che lo farà. Lo bacio ancora perché non posso farne a meno. Respiro il suo odore, unico e inconfondibile come una calda notte estiva. Mi stringe tra le braccia come se avesse paura di lasciarmi. Dopo mi tira su come se non pesassi niente.
«Andiamo a cercare quel bagno» ringhia minaccioso.
Oh, sì.

Greyson

È sdraiata sul mio letto a pancia in giù. Abbraccia il cuscino, i capelli sciolti sulla schiena nuda. Il lenzuolo copre soltanto il suo splendido culo, quello che ho morso solo poche ore fa. Non era previsto che alle sei del mattino fosse ancora qui, in casa mia, ma si è addormentata tra le mie braccia e non volevo svegliarla. Ho dormito solo tre ore, il massimo che mi concedo ogni fottuta notte. Poi ho cominciato a disegnare. Mentre l'alba nasceva sull'oceano, ho riprodotto su carta il corpo e l'anima della donna che ha illuminato la mia vita di merda. Ogni curva, ogni angolazione del suo bellissimo viso. Sento di essere felice con lei, ma l'alone di tristezza non mi abbandona mai. Mi tormenta impedendomi di essere totalmente sereno. Succede anche adesso, dopo che lei è entrata nella mia quotidianità. Da quella sera al locale, qualcosa è cambiato. O forse ogni tassello è andato al proprio posto. Sto cercando di controllarmi. A volte mi sento come se fossi già morto, aspetto solo che la mia anima cominci a puzzare. Lei non può sapere che l'idea di farla finita è come una fiamma che non vuole spegnersi, si alimenta giorno dopo giorno.

Il mio umore cambia velocemente, come sempre. La punta in metallo della stilo mi sfida. L'avvicino al polso coperto dal tatuaggio. Quello che copre le cicatrici agli occhi di tutti, ma io so che sono lì, a ricordarmi che ho fallito. Che sono ancora qui, mentre mio fratello è in una bara da anni per colpa mia. La punta tocca l'interno del polso, spingo fino a sentire dolore. La pressione aumenta, il metallo si fa strada. Un rivolo di sangue esce. Amelia si lamenta nel sonno e tanto basta per fermare l'aggressione. La lascio come se scottasse, pulisco la mia colpa. Mi avvicino al letto. Tiro giù il lenzuolo beandomi di quello che vedo. Non ne sono degno, ma non posso farne a meno. Salgo su di lei appoggiandomi sui gomiti. La bacio sulla schiena e vado sempre più giù, geme senza aprire gli occhi. Allunga le braccia sopra la testa inarcando la schiena. Entro dentro di lei, e tutto il dolore, l'ansia, l'apatia scompare. Respiro di nuovo. Respiro ancora. È veloce, profondo e perfetto. Per entrambi.

«Un buongiorno meraviglioso» dice sorridente e appagata.

La stringo ancora, non voglio che vada via, anche se si allontanerebbe di poco. La casa della nonna è collegata alla mia tramite un lungo ingresso interno. Ci sono tre entrate principali, ma il corridoio è la via d'accesso più veloce in caso di emergenza. Amelia stropiccia gli occhi, muovendosi sinuosa sul mio corpo. Quando si rende conto di dove si trova, si alza di scatto guardandosi intorno. La mia camera da letto è grande più o meno quanto il suo appartamento.

«È così terribile svegliarsi qui con me?»

«No, però non so che ore sono e devo prepararmi per andare al lavoro.»

«Puoi fare la doccia qui» propongo innocente.

In realtà non c'è niente di innocente in quello che sto immaginando.

«Non ho vestiti di ricambio, non posso presentarmi da Clara con il vestito strappato» mi rimprovera con finta rabbia.

Vero, l'ho strappato, solo perché avevo fretta di vederla nuda. Mi alzo e vado verso la cabina armadio. Mi guarda incuriosita.

«Non credo che una delle tue magliette sarebbe utile.»

«Forse no, ma questa dovrebbe andare.»

Le mostro una maglia azzurra, il suo colore preferito.

«Dove l'hai presa?»

«Dove ho preso anche queste.»

Tiro fuori una tuta, un paio di scarpe da ginnastica e l'intimo.

«Mi hai comprato dei vestiti?» chiede sconvolta.

In realtà c'è un intero guardaroba per lei, ma non voglio spaventarla.

«Ho pensato che avrebbe fatto comodo avere qualcosa della tua taglia in caso di emergenza. Sono un tipo creativo e anche previdente.»

Aggiungerei che sono un caso patologico e che devo avere il controllo su tutto, però lo tengo per me. Mi salta addosso avvinghiando le gambe al mio bacino.

«Sei fantastico!» dice scoccandomi un bacio.

L'ha presa bene, sono contento.

Mentre corre in bagno per fare la doccia, vado in spiaggia. Mi allontano volutamente, altrimenti le farei fare tardi sul serio. Respiro l'odore dell'oceano, guardo il faro che veglia sul mare. Mi perdo nei miei pensieri senza accorgermi di quanto tempo rimango fermo a fissare il mare. Mi accorgo che è dietro di me prima di vederla. Mi abbraccia.

«Grazie per i vestiti, sono perfetti proprio come te.»

Perfetto? Sono lontano anni luce dalla perfezione. Lei vede solo ciò che voglio mostrarle. La sensazione di angoscia irrompe nel petto. Perfetto... Mi volto di scatto, non riesco a trattenermi e mi odio per questo.

«Perfetto?» ringhio troppo vicino al suo viso.

Spalanca gli occhi spaventata, e io mi sento un bastardo. Non mi fermo. Non posso.

«Tu non sai un cazzo di me!»

Indietreggia senza dire una parola. Lo sguardo terrorizzato, le spalle dritte come a voler dimostrare di essere forte abbastanza per affrontarmi.

«La mia testa non funziona come quella degli altri. Se mi conoscessi sul serio, scapperesti via subito e non torneresti indietro.»

Indietreggia ancora. Gli occhi si riempiono di lacrime, non cede. Non vuole piegarsi davanti a me. La mia guerriera.

«Vado da Clara.»

Si allontana veloce e non mi pento di ciò che le ho mostrato. Prima capirà con chi ha a che fare, prima questa storia finirà. Perché deve finire. Sono un bastardo, un codardo. Mento a me stesso, dicendomi che non ho bisogno di nessuno, anche se so che ho bisogno di lei come l'aria che respiro.

Non so per quanto tempo resto seduto sulla sabbia a fissare il cielo. Quando sento la voce di nonna che mi chiama, mi alzo ed entro in casa.

Amelia depenna gli esercizi svolti sulla tabella. Sono passate due ore del cazzo e non me ne sono accorto.

«Sei stata bravissima, Clara. Ancora un po' e non avrai più bisogno di me» le dice con dolcezza.

Nonna la guarda con affetto, dopo mi rivolge un'occhiataccia. Sa di noi, della nostra relazione o quello che è. E ha capito che ho fatto incazzare Amelia. Appena saremo soli mi farà il culo, cazzo.

Amelia chiude il suo zaino, pronta a lasciare questa casa. Pronta a lasciare me. Non mi guarda quando sbatte la porta dietro di sé.

«Qualunque cosa tu abbia fatto, ti consiglio di rimediare. Idiota!»

Non posso ignorare le sue parole. Esco e la raggiungo prima che se ne vada, anche se non andrà da nessuna parte perché è venuta qui con me. Digita qualcosa sul cellulare, mentre cerca di ignorare la mia presenza.

«Che stai facendo?» chiedo, avvicinandomi lentamente.

«Chiamo un Uber.»

«Ti accompagno io.»

«No.»

«Amelia.»

Il panico si sta già prendendo buona parte del mio cervello. Sto tremando, cazzo.

«Mi dispiace per come mi sono comportato.»

La mia voce è robotica, priva di ogni emozione.

«L'ho già sentita questa frase.»

«Non andartene.»

A poco a poco lavoro sull'intonazione, sperando che sia sufficientemente pentita.

«Ho un appuntamento alle due, non posso restare.»

Oh, Cristo! Perché mi sfida?

«L'appuntamento è alle quattro, non mentirmi.»

«Come fai a sapere che è alle quattro? Non te l'ho detto.»

Vero, non l'ha detto. Ho letto i messaggi che le ha inviato Debra, prima che si svegliasse. Merda.

«Me l'hai detto prima che ti facessi incazzare» mormoro sperando di essere convincente. Le prendo le mani, non rifiuta il mio tocco. «Avevi detto che non saresti scappata.»

«E tu avevi detto di volere di più, poi ti dico che sei perfetto e vai fuori di testa.»

«Ci sto provando, ma non significa che sia giusto.»

Mi guarda addolorata.

«Voglio capirti, voglio sapere tutto di te, però quando ti arrabbi in quel modo non so cosa fare» ammette sconfitta. «Ti capirò mai, Grey?»

«No.»

«Devi fidarti di me.»

È determinata a salvarmi, non può sapere che è un gioco più grande di lei. Una partita che non può vincere. Non contro di me.

«Non è questione di fiducia. Non voglio farti del male. Tu sei incredibile e non voglio ferirti, anche se è quello che succederà nonostante i miei sforzi per farla funzionare.»

Sono più che sincero. Mi bacia e non so perché.

«Scusami, non avrei dovuto…»

Mi zittisce con un altro bacio, lungo e perfetto. E, per il momento, tutto è come dovrebbe essere.

«Fidati di me» ribadisce, mentre la stringo a me. «Siamo arrivati fino a qui perché siamo sessualmente compatibili» dice cercando di restare seria. «Non so cosa succederà da qui a una settimana, o da qui a un mese. Quello che so è che c'è qualcos'altro che ci lega, oltre al sesso. Non voglio dargli un nome ma so che c'è.»

Ha la capacità di zittirmi e non è da tutti.

«Forse me ne pentirò, forse te ne pentirai, non abbiamo altra scelta che scoprirlo. Non si abbandona una partita a metà.»

«Anche se il gioco è troppo duro?»

«Se è troppo duro, sarà ancora più soddisfacente vincere.»

Non so se mi sento lusingato dalle sue parole, o maledettamente eccitato. Forse entrambe le cose.

Capitolo 11

Amelia

È passata un'altra settimana durante la quale l'intensità dei miei sentimenti è aumentata vertiginosamente. Ho perso completamente la testa per Greyson King. Com'è potuto succedere così in fretta? Questa attrazione, il legame profondo, il bisogno che mi travolge ogni volta che mi guarda. È come una droga di cui non posso più fare a meno. Nonostante il pericolo che percepisco quando si altera, non posso fermarmi. Non voglio.

«Sono emozionata» esclama Clara seduta tra me e Isabelle.

Tempo fa non avrei immaginato che saremmo diventate amiche, invece è successo e la cosa mi fa molto piacere. Aspettiamo che cominci la conferenza stampa per l'uscita del film su Netflix, tratto dal videogioco creato da Grey. Avrei voluto accompagnarlo a Boston, ma è in buone mani. Blake gli starà incollato tutto il tempo come solo un vero amico può fare. Torneranno nel pomeriggio.

Guardiamo lo schermo, attente. I giornalisti sono seduti e pronti per fare domande all'uomo riservato che raramente rilascia interviste. Il regista ha voluto fortemente che partecipasse. Ci sono anche gli attori. I microfoni sono ovunque sul ripiano davanti a loro.

«È così emozionante! Mio nipote, quello che vive come se fosse ricercato dall'FBI, è in televisione. Riuscite a crederci?»

Isabelle è presa dall'euforia come Clara. Sono contagiose, anch'io non riesco a stare ferma.

«Eccolo!»

Clara lancia un grido battendo le mani. Greyson entra nella sala stampa per ultimo, scortato da Blake in completo nero Armani. Mentre quello di Grey è rimasto a casa.

«Sapevo che non avrebbe messo la cravatta.»

Clara conosce bene il nipote. Indossa un paio di jeans, una maglietta nera, i capelli incasinati come sempre.

L'aria da selvaggio sexy. I tatuaggi in bella vista. Spalle dritte e sguardo ammaliatore.

Il regista si alza per abbracciarlo come se fossero vecchi amici. Che lo show abbia inizio.

«Signor King, è un onore averla tra noi. Non si fa vedere spesso in giro» dice il giornalista.

«Sono molto timido» risponde ironico.

«Non si direbbe, visto il gioco che ha creato.»

Grey non batte ciglio, impassibile e bellissimo.

«Signor King, come si sente vedendo la sua creatura sullo schermo?»

«Maledettamente eccitato.»

Alcune giornaliste si lasciano andare a sospiri esagerati. Un guizzo di gelosia mi fa irrigidire. Sono quasi sicura che le donne presenti in sala pagherebbero per un'intervista privata con lui.

«World of King, o si ama o si odia, di certo non lascia indifferenti. Ha fatto del mistero e delle mezze rivelazioni un'esca irresistibile. In più, ogni giocatore ha la possibilità di creare un avatar e scegliere da che parte stare. Lei è dalla parte dei cattivi o dei buoni?»

«A volte l'equilibrio sta nel mezzo» risponde senza alcuna emozione, come annoiato dalle domande. Sicuramente non vorrebbe essere lì, in questo momento.

Lo vedo, è irrequieto. Non so quanto ancora riuscirà a stare buono. Blake non gli toglie gli occhi di dosso, come se temesse una reazione fuori luogo.

«Nel secondo episodio della serie prevale il peso della scelta, la guerra tra i mondi è all'apice e ogni giocatore dovrà scegliere le sorti di un decennio videoludico. Cosa risponde a chi l'accusa di essere un manipolatore di menti?»

«Sono un fan del libero arbitrio. Ognuno è libero di giocare quanto vuole. Non obbligo nessuno, davvero.»

Blake interviene chiedendo ai giornalisti di andarci piano con le domande. Il regista prende la parola parlando del film insieme agli attori. Poco dopo, i giornalisti riprendono l'intervista.

«Signor King, il suo staff è formato da cinque persone. Uno sforzo riproduttivo incredibile per un gruppo così ristretto. Quante ore lavorate per gestire tutto?»

«Tantissime, ma ci divertiamo.»

Blake annuisce, fiero.

«Dietro l'artigianalità delle animazioni, disegnate a mano da lei, c'è passione e una certa maniacalità. Il mondo che ha creato si muove in un modo diverso dagli altri giochi, perché?»

«Perché la mia testa funziona in un modo diverso.»

Scoppiano tutti a ridere, in sala.

«Senza dubbio, signor King. Cosa si inventerà ancora per tenerci con il fiato sospeso? Sappiamo che la saga non finirà con la seconda serie. Sta già pensando a un nuovo personaggio?»

«Assolutamente.»

Ah, quel sorriso magnetico. La giornalista che ha fatto la domanda ne è completamente stregata. Lo guarda come se fosse un dio sceso in terra.

«Signore e signori, una piccola anticipazione» dice con un ghigno diabolico.

Lo schermo enorme dietro di lui si illumina. Blake suda freddo, forse non era al corrente di questo fuori programma.

Grey si alza in piedi, ha gli occhi di tutti puntati addosso.

«Vi presento il nuovo personaggio del capitolo finale.»

Sullo schermo appare una guerriera. Non si vede il viso completo, solo il profilo, e mi manca il respiro. Il corpetto azzurro copre il seno prosperoso, indossa pantaloni di pelle e ha due spade legate dietro la schiena. Si vedono solo i capelli lunghi e scuri e un sedere niente male.

«Oh mio Dio! Amelia sei tu!»

Isabelle è sbigottita quanto me.

«Grey ti ha trasformata in un personaggio del gioco.»

Non so perché Clara lo trovi divertente. Sono pietrificata. Gli applausi scrosciano nella sala stampa, mentre i giornalisti urlano domande tutti insieme. Non ci posso credere! Non sono sconvolta dalla sua bravura, ma dalla assurda somiglianza. Mi ha fatto vedere il suo studio, che si trova nella mansarda. Un ambiente enorme pieno di roba tecnologica, tavoli da disegno, PC, tavolette grafiche. Ho visto anche molti disegni, uno in particolare lo adoro perché mi ritrae mentre dormo mezza nuda, ma questo è impressionante. Sono davvero io su quello schermo, in tenuta da guerra. Finalmente la conferenza finisce, Grey si alza e saluta con un inchino. Quando tornerà gli farò un mare di domande e poi lo bacerò fino a quando avrò fiato.

Emily è impazzita, anche lei ha seguito la diretta. Non faccio in tempo a rispondere a tutti i messaggi che mi invia. Nelle due ore successive cerco di farle capire che non so niente di quel personaggio, mentre aiuto Isabelle a preparare il pranzo.

Qualcuno suona il campanello e prego che non sia Emily, perché non so se riuscirei a gestire la sua euforia. Isabelle si alza per vedere chi è.

«Frank, che ci fai qui?»

«Non posso fare visita a mia madre?»

L'uomo che è entrato non ha bisogno di presentazioni. È la copia di Greyson con qualche anno in più. Clara si agita quando lo vede, e non capisco perché. Grey non mi ha mai parlato dei genitori, solo Isabelle mi ha detto che non sono in buoni rapporti, e lo capisco anche dalla postura rigida del signor King.

«Ciao mamma, come stai?» chiede avvicinandosi a Clara.

«Non dovresti essere qui.»

«Ne ho approfittato perché so che lui è a Boston.»

Lui sarebbe suo figlio.

Anche se non indossasse la mimetica, sarebbe minaccioso lo stesso. Gli occhi guardinghi mentre mi squadra da capo a piedi. Non ho molte informazioni su di lui, ma so che è un colonnello dell'esercito. I capelli brizzolati cortissimi, il viso serio. Non so cosa stia succedendo, ma istintivamente prendo la mano di Clara per darle conforto. È spaventata.

«E tu sei?»

Si rivolge a me con finta curiosità.

«Amelia» rispondo senza esitare.

«Piacere di conoscerti, Amelia. Sono Frank King.»

Tende la mano, che stringo con fermezza. La sua attenzione si sposta sulla madre.

«Ti trovo bene, mamma.»

Si siede accanto a Clara, che si irrigidisce ancora di più.

«Amelia mi ha rimesso in piedi. Grazie a lei posso camminare di nuovo.»

«Bene, sono contento. Suppongo che tu conosca mio figlio, Amelia.»

Annuisco.

«E non sei ancora scappata?»

«Frank!»

Clara lo rimprovera. Sembra divertito all'idea di creare tensione.

«Da quanto conosci mia madre?»

Non la smette di fare domande e non capisco dove vuole andare a parare.

«Circa due mesi.»

«Sono sicuro che in questi mesi nessuno ha messo piede in questa casa oltre te e Blake, giusto?»

Ha ragione, ma non so cosa rispondere.

«Nessuno entra qui senza il permesso del padrone di casa, e sai perché?»

Allunga il collo nella mia direzione, come per assicurarsi che non mi sfugga neanche una parola.

«Perché a mio figlio non piacciono gli estranei e tu non fai eccezione. Sicuramente, prima di farti entrare, ha raccolto ogni informazione su di te. Indirizzo, numero di previdenza sociale…»

Ma di che diavolo sta parlando? Arriva un messaggio di Grey e leggo velocemente. Se non altro per sganciarmi dallo sguardo inquisitore di suo padre.

- Sto tornando a casa, dolcezza. Voglio trovarti nuda nel mio letto.

Oh, merda!

«Grey sta tornando. Non so quali problemi abbia con suo figlio, ma le consiglio di andarsene.»
Isabelle si muove da una parte all'altra della stanza, mordicchiandosi le unghie.
«Allora ho poco tempo.»
«Per cosa?»
«Per metterti in guardia. Mio figlio non è quello che sembra. È una bomba a orologeria. Non sono d'accordo che viva con mia madre, ma lei ha scelto da che parte stare molti anni fa. Invece tu sei qui perché lui ha voluto così. Sicuramente c'erano altri terapisti tra i quali scegliere, lui ha scelto te. Non posso dargli torto, almeno ha avuto buon gusto.»
«Sono la sua ragazza, se è questo che sta per chiedermi.»
Lo fronteggio a testa alta. Mi ha davvero stancata questo atteggiamento.
«Avete una relazione? Cristo, mamma, come hai potuto permettere che questa ragazza si affezionasse a lui!»
«È innamorato, Frank.»
Innamorato? Io lo sono sicuramente.
«Ossessionato, non innamorato. Grey non è capace di amare e non è adatto alle relazioni perché non sa gestirle. Non può. Se mi avessi dato retta anni fa, forse sarebbe guarito. Ma all'epoca mi sei andata contro.»
Clara cerca di non piangere, fallisce. Le lacrime sono lì. Sta lottando contro suo figlio per difendere il nipote.

«Tu non potevi gestirlo dopo quello che è successo» ribatte determinata.

«Dopo che ha ucciso suo fratello, intendi?»

Mi paralizzo. Ucciso?

«Andy sarebbe ancora vivo se lui avesse seguito le terapie. Ha distrutto la nostra famiglia!»

Oddio, mi viene da vomitare. Mi trovo in mezzo a una faida familiare e sento il dolore di tutti loro a ogni parola. Clara continua a dirgli di andare via, piange, e sono sconvolta da tanta sofferenza.

«Mi sono presa cura di lui quando gli avete voltato le spalle perché il dolore vi impediva di ragionare, ma non puoi accusarlo ancora di avere ucciso Andy. Non è stata colpa sua» singhiozza stremata.

«Ah, no? Andy è morto perché voleva essere come Greyson, dimostrare di essere alla sua altezza, mentre a lui non importava niente. Lui non prova niente!»

«Vada via!» urlo senza rendermene conto. Adesso basta. Clara respira affannata e non voglio che stia male.

«Grey è un maniaco del controllo e sta controllando anche te. Scappa finché sei in tempo.»

«Io lo amo!» dico sorprendendomi di me stessa.

La porta d'ingresso si spalanca e scende il gelo intorno a noi. Greyson ha uno sguardo omicida. Blake è dietro di lui con la bocca spalancata.

«Portale via da qui» dice con voce robotica. Immobile, sembra quasi che non respiri.

Blake agisce velocemente. Si avvicina a Clara, l'aiuta ad alzarsi insieme a Isabelle.

Grey non mi guarda, anche se pronuncio il suo nome. È concentrato sul padre. Blake mi prende per il braccio. Non voglio andarmene. Non posso.

«Non le hai detto niente, vero?»

Frank parla restando dov'è. Come se avesse paura del figlio.

«Le hai detto di Andy? Ha visto i tuoi computer, quelli che usi per monitorare qualsiasi cosa? È consapevole che sapevi tutto di lei, prima ancora che mettesse piede in questa casa?»

«Amelia, vai via» mi implora Greyson.

«Non vado da nessuna parte fino a quando non mi dici cosa sta succedendo.»

Perché non mi guarda? All'improvviso scatta in avanti, sfida il padre faccia a faccia.

«Vattene, altrimenti ti ammazzo» ringhia come se fosse posseduto.

«Coraggio, figliolo, mostrale di cosa sei capace. Hai costruito questa torre per scappare da tutto e tutti, ma non puoi scappare da te stesso.»

Per un secondo, Frank sembra sconfitto e spaventato. Come lo sono io. Dentro di me so che ha sempre nascosto qualcosa, e per il bene di entrambi ho evitato di fare domande. Tratteniamo il fiato fino a quando il colonnello fa un passo indietro. Guarda Clara come per scusarsi. Esce senza voltarsi. Respiriamo tutti di nuovo, tranne Grey.

Isabelle prende sotto braccio la sorella. Trema così tanto da non riuscire a tenere le stampelle dritte. A piccoli passi raggiungono la camera. Blake le segue. Mi sento come se le mie convinzioni, i sentimenti, potessero sgretolarsi da un momento all'altro. Mi avvicino a lui, sento che ha paura di me. Paura delle mie domande. Paura di darmi risposte.

«Mi ami?» chiedo con il cuore in gola.

Non risponde e sento il cuore frantumarsi, un poco alla volta.

«Immagino di doverti dare delle spiegazioni, anche se non voglio.»

Cerca nei miei occhi, come se volesse trovare qualcosa che possa rassicurarlo.

«Andy è morto per colpa tua?»

«In un certo senso.»

«Sapevi tutto di me prima di conoscermi?»

«In un certo senso.»

Risponde meccanicamente come alle domande di un quiz.

«Non voglio credere a quello che ha detto tuo padre. Non voglio credere di essermi innamorata di…»

«Uno psicopatico? È questo che pensi di me?»

Non so più cosa pensare. Un altro pezzo si disintegra.

«Dimmi la verità.»

«Vuoi saperla davvero?» chiede sfiorandomi il viso con un dito. Voglio davvero saperla? Sento il suo respiro sulle labbra e lo voglio così tanto anche se è sbagliato. Mi bacia, mi tocca come se non potesse più farlo. Dovrei respingerlo, non ci riesco.

«Non voglio che le cose cambino, ma cambieranno. Te ne andrai e non potrò impedirlo. Ho una fottuta paura di cosa diventerò, quando te ne andrai.»

Vorrei rassicurarlo, dirgli che non succederà. Vigliaccamente afferro ciò che può darmi adesso. Ora, qui. Mi prende tra le braccia, percorriamo il corridoio interno che collega le case. Mi bacia e continua a farlo. Mi rimette giù solo quando arriviamo nel soggiorno.

«Le mie aspettative non erano reali, ecco perché potevo gestirle. Quando sono diventate vere, ho avuto paura ma non potevo tornare indietro.»

Non voglio capire il rimpianto che leggo sul suo volto. Non voglio capire e basta.

«Quando ho parlato di simulazione ti ho spiegato che serve a trovare errori nel sistema di gioco, una falla. Devi sapere che io sono la falla nel nostro gioco. Volevo solo essere importante per te, fin dalla prima volta che mi hai visto mi sono sentito normale.»

Il tempo scivola via e non posso fermarlo. Il cuore batte veloce e non posso fermarlo.

Dovrei dire qualcosa ma non lo faccio.

«Devo proteggerti da me.»

La felicità che ci ha avvolto finora va in mille pezzi come vetro in frantumi.

Greyson

Gli occhi le si riempiono di lacrime, cerca di mandarle via sbattendo le palpebre. Tutto questo è troppo per lei, continua a combattere perché è una guerriera. La prendo per mano e la porto nel mio studio. Se avessi avuto un minimo di buonsenso o furbizia, avrei cancellato ogni traccia dei messaggi. Solo un click. Le avrei detto che mio padre è un bugiardo e non saremmo in questa situazione di merda. È uno dei miei tanti problemi, non saper prendere decisioni sensate. Lasciare che l'impulsività prenda il controllo. Ho immaginato questo momento mille volte, il giorno in cui mi avrebbe lasciato perché sono un bugiardo. La rabbia per me stesso, per ciò che sono, si mescola con l'ansia. Quasi mi viene un infarto quando gli schermi dei computer si illuminano. Amelia è già stata qui, affascinata e orgogliosa dei miei lavori. Adesso è come se fosse entrata nella stanza degli orrori. Mi lascia la mano per avvicinarsi agli schermi, li guarda confusa. Vorrei che se ne andasse ora, per non dover affrontare la sua ira quando capirà. Vorrei dimostrarle ciò che provo, ma non so come fare. Legge i messaggi che lei ha mandato a Emily, le sue risposte. Sullo schermo accanto vede un'icona rossa che lampeggia e capisce in quale punto della casa ha lasciato il telefono. È già arrivata alla conclusione più ovvia, il suo cuore si rifiuta di ammetterlo. Tanto vale renderle le cose più semplici.

«Quando mia nonna è stata operata, sapevo che avrebbe dovuto fare fisioterapia e che i tempi sarebbero stati lunghi. Non voleva rimanere al centro, quindi dovevo trovare qualcuno che venisse qui.»

Non si volta e gliene sono grato.

«Dovevo sapere nel dettaglio con chi avrei avuto a che fare. Avere il controllo e le informazioni necessarie è vitale, per me. Sono entrato nel sistema dati del centro, ho visionato i file dei dipendenti. Quando ho trovato la tua scheda, ho visto il tuo viso e sono rimasto sconvolto.»

Evito di dirle il perché, non è ancora il momento. Schizzerebbe via subito se le dicessi che in quella foto i suoi occhi sono tali e quali a quelli di mio fratello: pieni di determinazione per aiutare chiunque si trovi in difficoltà. Andy mi guardava in quel modo, esattamente come fa lei.

«Ho cercato il tuo numero e ho hackerato il sistema operativo del telefono. Leggevo i tuoi messaggi e ti ho seguita per un po'. Quando ho capito che eri affidabile, ho richiesto il tuo intervento per la nonna. Avrei dovuto fermarmi quando ho capito di volere di più e non l'ho fatto.»

Si volta lentamente come se avesse paura di crollare da un momento all'altro.

«Avrei potuto continuare la simulazione, invece hai voluto rischiare sapendo che il gioco sarebbe stato difficile.»

Perfino ora, mentre mi guarda sconvolta, è bellissima. Sento già la sua mancanza e so che morirò dentro, non appena uscirà da questa stanza. Me lo merito, tanto dolore. Ci conosciamo da poco tempo, eppure il legame è già così forte. Cerca di capire, di trovare una soluzione, nonostante la delusione e la rabbia che leggo nei suoi occhi.

«Il gioco? Io non sono un gioco! Noi non siamo uno dei tuoi fottuti giochi!»

«Voglio spiegarti…»

Alza la mano per interrompermi.

«Potresti spiegarmi perché mi hai seguita, perché hai invaso la mia privacy e continuerei a non capire.»

Si avvicina, faccio un passo indietro. È minacciosa e sexy da impazzire. Ha il fuoco negli occhi.

«Come hai potuto farmi questo?»

«Non lo so.»

«Non lo sai? Non sapevi che mi stavo innamorando di te, stronzo bugiardo? Non sapevi che mi sarei affezionata a Clara e Isabelle? Non sapevi che mi avresti spezzato il cuore?»

«Blake mi aveva suggerito di dirtelo» mi giustifico, anche se non servirà.

È terrorizzata, sfinita quando si inginocchia sul pavimento. Le mani tremanti coprono il volto. Mi inginocchio per abbracciarla.

«Non toccarmi!»

«Non era previsto che arrivassimo a questo. Non volevo farti del male, non volutamente. Per la prima volta qualcuno ha giocato meglio di me e non dovevo permetterlo. Nella mia testa succedono delle cose…»

«Non posso giustificare una follia del genere. È da maniaci, lo capisci?»

Non posso più guardarla. Il cuore batte così veloce da spaventarmi. Non riesco a respirare, cazzo. Ecco il dolore, quello che mi ricorda che sono vivo. E poi succede, la rabbia esplode nella testa.

«Vattene!» urlo, strattonandola per le spalle.

Cerca di liberarsi, non glielo permetto. Affondo le dita nella sua pelle, incapace di controllarmi. Voglio urlare e tenerla stretta fino a farmi uscire l'anima dal corpo. Senza di lei niente avrà più senso. Niente. Dentro di me so che non ci sarà un futuro insieme perché io non ho un futuro. All'improvviso mollo la presa, come se scottasse. Non la guardo mentre si alza e se ne va. Amarla è terrificante, odiarla è più semplice. Mi ero convinto che le cose sarebbero cambiate, di poter essere diverso per lei. Mi sbagliavo e vorrei che in questo momento i miei polmoni smettessero di funzionare. C'è solo buio attorno a me, la mia luce si è spenta.

Capitolo 13

Amelia

Mi sento come se fossi stata risucchiata da un buco nero. Tutto quello che ho provato era una bugia, come se avessi fatto parte di un gioco, solo che ero l'unica a non sapere che non c'erano regole. Il mio cervello continua a trasmettere le immagini di quegli schermi, tutti quei messaggi. La mia vita pilotata. Ho pianto tutta la notte senza fermarmi mai, mentre il cuore si rifiutava di accettare il distacco. Torno sempre alla stessa domanda: perché?

Quando l'ho chiesto a lui, ha provato a spiegarmelo, ma qualcosa gli impediva di arrivare fino in fondo. Qualcosa che lo tormenta. C'era senso di colpa nei suoi occhi e tanto dolore. Non posso giustificare ciò che è successo e allo stesso tempo non posso smettere di sentire la sua mancanza.

Emily dorme accanto a me, non ha voluto lasciarmi sola. Le ho raccontato tutto e, superato lo shock iniziale, ha cercato di confortarmi. Anche secondo lei c'è una ragione dietro il comportamento di Grey, ne è ancora più convinta dopo aver parlato con Blake. Sono diventati amici e non ho nulla in contrario, ma non voglio avere a che fare con lui perché sapeva e non mi ha detto niente.

La sveglia suona e non ho voglia di alzarmi. Emily sbadiglia, anche lei deve andare al lavoro.

«Buongiorno.»

Si stiracchia e mi abbraccia.

«Hai deciso cosa fare?»

«Finirò la terapia. Clara mi ha dato fiducia e se lascio ciò che abbiamo iniziato mi sembra di tradirla.»

«Se vuoi chiamo Blake e gli dico di far sparire Grey per un paio d'ore.»

«Lascia stare.»

Dentro di me prego che abbia il buonsenso di non farsi vedere, almeno durante le ore che passerò in quella casa.

«Ti manca, non è vero?»

La domanda mi spiazza. È così evidente?

«Sì, e la cosa mi fa incazzare. Non dovrebbe mancarmi uno stalker.»

Mi alzo per prepararmi.

«E se il suo comportamento ossessivo fosse riconducibile a qualcos'altro? Ci hai pensato? Insomma, ho visto come ti guarda. Non è semplice attrazione.»

Cosa diavolo sta dicendo? Vado a fare la doccia perché non voglio arrabbiarmi con lei.

«Ascolta» dice bloccandomi per un braccio. «Se io avessi una malattia mentale, mi abbandoneresti?»

«Ma che diavolo dici? Come puoi solo pensarlo?»

«Ecco, so che non mi lasceresti mai sola.»

I suoi occhi tanto seri mi spaventano.

«Pensaci. I cambiamenti d'umore, l'ossessione per l'ordine, la creatività incontrollabile, l'iperattività che diventa apatia nel giro di pochi secondi.»

Tutti elementi ai quali ho pensato, certo, ma cosa dovrei pensare? Che mi sono innamorata di un uomo con problemi psichici?

«Se devi dirmi qualcosa, fallo e basta. Non girarci intorno.»

«Credo che dovresti parlarne con Clara.»

Neanche per idea. Voglio lasciarla fuori da questa storia.

«Fossi in te cercherei le risposte alle domande che hai paura di fare, perché quello che credi di sapere è solo l'inizio.»
Rifletto sulle sue parole mentre mi preparo. Mi vuole bene e non mi farebbe mai del male, però non capisco dove vuole arrivare. Non posso credere che mi sia sfuggito qualcosa di così importante, non posso proprio.
La saluto ed esco. Durante il tragitto cerco risposte, ma non ne trovo. Dentro di me so che non posso risolvere il problema da sola. Percorro il vialetto con il cuore pesante come un macigno. Come il primo giorno che sono stata qui, la pioggia scende burrascosa come il mio umore. Non voglio guardarlo mentre fa acrobazie pericolose con la moto. Non voglio ma lo faccio. Questa volta so esattamente quanto sono tonici quei muscoli e quanto sono forti gli addominali. Il sapore di quelle labbra e il profumo della pelle dorata. Ricordo ogni dettaglio e mi sento morire quando si ferma. I capelli incollati al viso, lo sguardo che mi incendia. Non è possibile che io sia tanto stupida. Me lo ripeto fino alla porta d'ingresso.
«Entra, cara.»
Isabelle mi accoglie mortificata e io vorrei scappare via. Entriamo nel soggiorno, Clara non c'è.
«Mia sorella non si sente bene, oggi. La visita del figlio l'ha scombussolata. Se permetti, vorrei rubarti cinque minuti prima che tu vada da lei.»

Mi siedo sul divano, incapace di dire di no.

«Greyson non è cattivo, ha solo bisogno di affetto e fiducia. Due componenti che i genitori non sono stati in grado di dargli. Non voglio giudicarli, però. Sopravvivere ai propri figli è la cosa più dolorosa e straziante del mondo.»

Le sfugge una lacrima perché sta pensando a Andy. Anche se non ho ancora capito com'è morto e non voglio dettagli, non adesso.

«Io e Clara non sapevamo nulla del telefono e dei messaggi. Se avessimo anche solo sospettato che stava violando la tua privacy, lo avremmo costretto a smettere, te lo posso giurare.»

«Isabelle, apprezzo le tue parole, ma è difficile per me capire come sia potuto succedere.»

«Lo so, però ti chiedo di non denunciarlo, anche se ne hai tutto il diritto. Una cosa del genere peggiorerebbe le cose, e non voglio vederlo soffrire più di quanto non soffra già.»

Non ho pensato neanche per un secondo di denunciarlo.

«Ti chiedo scusa per lui, Amelia. Ti prego di accettare le nostre più profonde scuse.»

Si asciuga le lacrime con il fazzoletto, viene da piangere anche a me.

«Non lo denuncerò» confermo, stringendole la mano. Sono così dispiaciuta per loro.

«Ti ringrazio infinitamente, cara.»

L'abbraccio perché ne ho bisogno. È sempre stata gentile con me.

«Andiamo da Clara?»

Non so cosa aspettarmi, voglio solo assicurarmi che stia bene. In questo momento è la mia priorità. Quando entriamo nella stanza, mi accoglie con un sorriso stanco. È stesa sul letto, pallida e stremata.

«Tesoro, credo che oggi non sarò una brava paziente.»

Vederla così mi spezza il cuore. Nelle persone diabetiche, lo stress rischia di alterare i livelli di glucosio nel sangue. Sicuramente è stanca dopo aver affrontato il figlio, Isabelle ha ragione.

«Non preoccuparti» le dico con affetto.

«Puoi farmi compagnia?»

Istintivamente guardo fuori dalla finestra che si affaccia sulla spiaggia.

«Ha il divieto di entrare in casa quando ci sei tu.»

«È casa sua, Clara. Non posso obbligarlo a restare fuori.»

«Io sì! Non entrerà, a meno che non sarai tu a dargli il permesso.»

Respira a fatica, non voglio contraddirla. Mi siedo accanto a lei.

«Sospetto già da un po' che abbia interrotto la terapia.»

La conversazione sarà dura da affrontare. Terapia?

«Aveva solo tredici anni quando gli fu diagnosticato il bipolarismo. Gli sbalzi d'umore sono aumentati negli ultimi mesi. Interrompere la terapia farmacologica causa crepe sulla razionalità. Lo porta a non essere coerente con le sue scelte e con i sentimenti. Diventa instabile molto velocemente.»

Ricordo alcuni dettagli. A volte basta davvero così poco per farlo scattare.

«È una patologia spietata. Stargli accanto è come fare un giro sulle montagne russe, ma quando assume i farmaci riesce a controllarsi. Riesce a capire il pericolo. Credo abbia smesso nel periodo in cui sono stata alla clinica. Non gliel'ho chiesto per vigliaccheria, tuttavia so che è così.»

Incapace di fare altro, trattengo il respiro. Non è ancora finita.

«Da quando sei entrata nella sua vita, però, l'ho visto lottare contro sé stesso. L'ho visto provare qualcosa di profondo. Non ti ha detto la verità per paura di perderti. Crede di non essere degno di amare, nega di provare questo sentimento. Con te non è riuscito a frenarsi.»

«Clara, ti prego.»

Sto per vomitare, tanto sono nervosa.

«Voglio farti capire che, se avesse preso le pillole, non avrebbe violato la tua privacy perché la capacità di giudizio lo avrebbe fermato.»

Mi sento impotente davanti a queste rivelazioni. Le risposte che volevo mi disintegrano l'anima. Nonostante il dolore, non riesco a odiarlo e sento un bisogno irrazionale di andare da lui.

«Clara, adesso so perché l'ha fatto. Voglio solo che tu sia serena. Non lo odio, non potrei dopo questo. Va tutto bene.»

Tende le braccia verso di me, ha bisogno di contatto. L'abbraccio serve a entrambe.

Esco per prendere aria, sono frastornata. Greyson è seduto sulla sabbia. Mi avvicino con cautela. Sono proprio fuori di testa, se non riesco a fermare l'impulso di stringerlo. Mi manca da impazzire e, adesso che so la verità, lo voglio ancora di più. Mi siedo accanto a lui fregandomene della pioggia.

«Te l'ha detto, vero?» chiede senza guardarmi.

Voglio che mi guardi.

«Grey.»

Appena sente la mia voce, volta lentamente il viso verso di me. Lo fisso incapace di ribellarmi al mio cuore che batte più veloce.

«Non guardarmi così.»

«Così come?»

«Come se mi avessi perdonato.»

«Adesso so perché hai agito in quel modo.»

«E quindi, adesso sarai comprensiva e compassionevole?»

«No, voglio…»

«Non puoi.»

«Starti accanto?»

«No, aggiustare questa» dice indicandosi la testa.

«Sono brava ad aggiustare i muscoli, non credo sarà poi così diverso.»

Non riesco a staccare gli occhi dalle sue labbra, mio Dio. La verità che ho appena scoperto mi terrorizza, ma non posso smettere di amarlo. Non posso.

«Allora vuoi giocare ancora con me?» chiede malizioso.

«A una condizione.»

«Dov'è la fregatura?»

«Devi riprendere la terapia.»

«Ecco la fregatura.»

Lentamente mi fa appoggiare la schiena sulla sabbia bagnata. Rimane sospeso su di me, le labbra troppo vicine alle mie.

«È l'unica condizione» ribadisco. «Se non vuoi farlo per me, fallo per te stesso e per Clara.»

Ho toccato il suo punto debole e lo sa. Ci pensa un attimo, so già cosa risponderà.

«Giochiamo» sussurra.

Non è un sì, ma al momento può bastare.

«You know I can't smile without you…»

Canticchia seducente. I capelli incollati sulla fronte e un sorriso che farebbe sciogliere chiunque.

«I can't smile without you...»

Sorrido malgrado tutto, non riesco a fare diversamente.

«I can't laugh and I can't sing, I'm finding it hard to do anything...»

Mi accarezza il viso, ed è così dolce e irresistibile.

«Se aspetti qui con me, a mezzanotte ululerò alla luna.»

«Mi piacerebbe vederlo» rispondo sorridendo.

Adesso è di nuovo serio, malinconico, triste. Una parte di me vorrebbe scappare per paura di non essergli di alcun aiuto.

«Se ti allontanerò, non mollare. Resta con me.»

«Non vado da nessuna parte, Grey» prometto.

Sono innamorata, è l'unica certezza che ho.

«Voglio baciarti» sussurra sulle mie labbra. Le sfiora appena per prolungare l'agonia di cui siamo ostaggio entrambi.

«Allora baciami.»

Il respiro caldo e familiare mi avvolge. Lo bacio così forte per fargli capire che sono qui e non mollerò, mai. Sarò forte abbastanza? Non lo so, il mio cuore farà di tutto per battere ancora e solo per lui.

Capitolo 14

Greyson

Le ho mentito. Non ho nessuna intenzione di prendere un appuntamento con lo psichiatra. Il pensiero di ricominciare la terapia mi innervosisce e al momento ho bisogno di rimanere lucido. Voglio godermi ogni singola sensazione che provo con lei fino a quando il gioco finirà, perché finirà.

Blake cerca di rimediare al casino che ho combinato nello studio, dopo che Amelia aveva scoperto che la spiavo. Ho fatto letteralmente a pezzi migliaia di dollari. Lo studio è distrutto, ma il mio amico risolverà le cose imprecando ogni trenta secondi. Neanche lui vuole mollarmi e non mi spiego il motivo. Dovrebbero starmi tutti alla larga, soprattutto Amelia.

Adesso sono chiuso nella stanza delle simulazioni, un luogo in cui i miei personaggi prendono vita sotto forma di ologrammi a grandezza naturale. Sono così pieno di energie che potrei lavorare tutto il giorno e scopare tutta la notte. Tengo in mano il tablet per gestire i movimenti. Dovrei essere felice e rilassato. Lei mi ama e fa di tutto per rispettare i miei tempi. Quando voglio stare solo, lo capisce e fa un passo indietro. Quando ho bisogno di contatto, lo capisce e mi tocca. Sembra leggermi nel pensiero, cazzo. Questo mi eccita e mi terrorizza allo stesso tempo.

La principessa guerriera, quella che ho creato, è davanti a me. Le gambe perfette fasciate dai pantaloni di pelle, il corpetto azzurro che copre i seni sodi. Ho così tante idee in testa che rischio di esplodere se non le tiro fuori. Lei mi rovinerà, sconfiggerà il re malvagio, perché è per questo che ha lasciato il suo mondo. Per distruggere colui che vuole tutti i mondi. Lo sedurrà, lo vizierà e nessun'altra dopo di lei riuscirà a fargli provare emozioni così forti.

Sento la tristezza e l'eccitazione lottare tra loro. Non la merito ma la voglio più di ogni altra cosa. Ha giocato tutte le sue carte portandomi a questo, e volevo e non volevo che lo facesse. Un brivido mi corre lungo la schiena nuda, so che lei è qui. La luce rossa che si accende sulla parete mi dà conferma. Non sento la sua voce perché *The Dirt* dei Motley Crue tuona nelle mie orecchie attraverso l'airpods. Seguo il labiale, è il mio nome che sta dicendo. Adesso la sua immagine è sovrapposta a quella della principessa. Continua a chiamarmi, non mi muovo. Si accorge degli auricolari e fa per toglierli, le blocco i polsi. Indossa solo i pantaloncini e una canottiera, e vorrei tanto che non avesse nulla addosso.

«Blake ha bisogno del tuo aiuto» mima, indicando la porta.

«No» rispondo senza sentire la mia voce.

Sbuffa, le mani sui fianchi. Sono seduto sulla mia cazzo di poltrona e non voglio alzarmi. I mostri intorno a lei combattono con foga. Il sangue schizza ovunque, la lotta per il potere è in pieno svolgimento. Amelia si guarda intorno affascinata per un momento, poi lo sguardo si inchioda al mio. Mi tocca il viso, asciuga una lacrima che non ho sentito scendere. Nei suoi occhi non c'è tristezza e non so se esserne felice o odiarla per questo.

«Usciamo da qui, adesso!» ordina, ma non la sento. Non voglio.

«Grey» insiste stringendomi il viso tra le mani. Si inginocchia davanti a me. La guerriera al cospetto del re.

Ho bisogno di questo, del corpo morbido che ho tenuto tra le braccia la notte scorsa. La voglio così tanto che stringo il tablet fino a crepare il display. Gli ologrammi spariscono. Adesso siamo soli e reali. Serro la mascella e respiro velocemente.

«Va tutto bene.»

Non va bene un cazzo. Sono arrabbiato ed eccitato. Spaventato, perché ho paura che non sia davvero qui, che sia tutto un sogno. Le sue dita si infilano tra i miei capelli. Non parla più, sa che la musica mi rimbomba nelle orecchie. Adoro la sua bocca dolce sulla mia e quello che mi fa provare ogni volta che la lingua esplora senza fretta. Il senso di colpa mi stringe la gola. Adesso è così normale averla qui, è giusto che sia qui a leccarmi il collo fino a scendere sul petto. Gli addominali si contraggono fino a sentirli bruciare. Si blocca, mi guarda maliziosa. Fa così male ogni volta che si prende cura di me. Quando vuole salvarmi dal buio. Scende giù, morde l'elastico dei boxer. Lecca l'erezione ancora coperta dal tessuto. Mi fa impazzire, cazzo. Sono così duro che sento dolore. Il cuore batte forte, le dita vibrano quando le accarezzo i capelli.

«Com'è possibile che tu sia reale?»

Non sento la mia voce, lei sì. Alza lo sguardo, eccitata e bellissima come se mi desiderasse più di qualunque cosa. Fa male pensare al futuro, a qualsiasi cosa ci aspetti. A qualsiasi cosa sarà disposta a sacrificare per me. Anche sé stessa. Non le tolgo gli occhi di dosso mentre lo prende in bocca. Inarco i fianchi, stringo le dita sui braccioli della poltrona. È così bello da sentire dolore fisico nel cuore. Porca puttana, è magnifico. Soffro, godo, mentre la lingua scivola su e giù. Avvolge la mano alla base e inizia a muoverla seguendo il ritmo della bocca. Sbatto la testa all'indietro e vengo come un dannato, pochi minuti dopo. Sorride orgogliosa e si rimette in piedi. Mi fiondo sulla sua bocca e non me ne frega un cazzo di sentire anche il mio sapore.

«È stato abbastanza reale per te?» dice sfilandomi gli auricolari. «Adesso puoi andare da Blake?»

Annuisco, non riesco a parlare tanto sono sconvolto. Mi ricompongo velocemente prima di uscire dalla stanza che per me è il Santo Graal, e lei ha profanato. Non riuscirò mai più a sedermi sulla poltrona senza immaginarla inginocchiata mentre mi scopa con la bocca, cazzo!

Raggiungiamo Blake, anche se avrei voluto continuare a giocare con Amelia. Lo troviamo inginocchiato davanti al pannello di controllo. Ondeggia il culo a tempo di musica. Ama Lady Gaga, io la detesto. Non c'è più traccia di caos. Gli schermi nuovi sono arrivati, così come i tavoli da disegno.

«Metti gli occhioni davanti allo scanner, stronzetto.»

Eseguo. Gli infrarossi fanno su e giù sulle mie iridi. Subito dopo, gli schermi dei computer prendono vita. Blake si alza con un cacciavite in mano.

«Tu e le tue stronzate alla Star Wars! Non puoi usare la password come fanno tutti?»

Se lo facessi sarei convenzionale e non lo sono.

«Ho sistemato tutto. La prossima volta che ti viene voglia di spaccare qualcosa, ti porto da mia madre così potrai sfogarti sul servizio di piatti che tiene in vetrina. Orribile e antico.»

«Cosa farei senza di te?» chiedo sbattendo le ciglia.

«Un bel cazzo di niente, ecco cosa! È una fortuna che io sia fottutamente bravo nel mio lavoro e dovresti baciarmi il culo solo perché esisto.»

Amelia sorride godendosi lo show.

«Prendi la tastiera, signor King, abbiamo del lavoro da fare.»

Già, stiamo lavorando a un gioco in cui il giocatore è impegnato in un ambiente tridimensionale, sarà obbligato a esplorarlo e superare ogni trabocchetto per uscirne vivo. Un meccanismo che, invece di puntare sull'adrenalina, offre una miscela calibrata di esplorazione, arguzia e intuito.

Amelia mi dà un bacio, ne approfitto per stringerla a me.

«Saluto Clara e poi vado al lavoro.»

Nelle ultime due settimane ha trascorso quasi ogni notte nel mio letto. La terapia con mia nonna è ufficialmente terminata, ma deve lavorare anche con altri pazienti. Oggi ha il turno pomeridiano al centro, significa che non la vedrò fino a stasera. La stringo di più pensando a quante cazzo di ore dovrò stare senza di lei.

«Grey» dice quando non accenno a mollare la presa.

«Dammi un secondo.»

Respiro il profumo dei suoi capelli, della pelle, come se bastasse a non farmi sentire dolore.

«Devo andare.»

«Non andare.»

Mi comporto come un coglione, lo so, e non me ne frega niente.

«Ho un lavoro, ricordi?»

Sorride, anche se vedo il suo disagio. Forse perché stringo troppo la presa sui fianchi.

«Non hai bisogno di lavorare, potresti vivere qui. C'è un sacco di spazio.»

Adesso mi guarda seria.

«Potresti stare ogni giorno qui con me.»

«E con me» aggiunge Blake, portandosi una mano sul petto. Coglione.

«Sono lusingata, ma amo il mio lavoro e mi piace essere indipendente.»

Fa un passo indietro, non mollo.

«Grey.»

Appoggia la fronte sulla mia, chiude gli occhi. Sono nervoso, molto.

«Devo andare» ripete con calma. Sorride per rassicurarmi, dentro di me sto bruciando di rabbia. Non solo la mia testa è incasinata, sono anche insicuro. Ho la sensazione di merda che non tornerà, quando invece so che lo farà. Non mi sono mai posto il problema di perdere qualcosa, perché non ho mai permesso a nessuno di avvicinarsi troppo. Con lei non ho avuto scelta.

«Okay, basta con i saluti. Amelia, buon lavoro. King, muovi il culo.»

La trascina letteralmente via da me, gli sono grato per l'intervento tempestivo. Mettermi in mano la tastiera è servito a mollare la presa. La guardo andare via e il mio cuore si congela.

«Bella mossa, chiederle di lasciare il lavoro, amico mio. Ti sembra il tipo di donna che mira al tuo conto in banca?»

«Non so perché l'ho detto.»

«Sì, che lo sai.»

Sono un bugiardo schifoso e Blake lo sa. Vorrei davvero che lasciasse il lavoro, così l'avrei accanto ogni momento.

«Non starle troppo addosso. Sta affrontando le cose molto bene, non renderle difficili.»

Non ho più voglia di lavorare.

«Adesso che sa la verità, lasciale gestire le cose a modo suo.»

«Sono stato sincero, ma non del tutto.»

«Sa che sei bipolare, quindi…»

Alzo i polsi coperti dai tatuaggi. Blake ricorda quella notte, glielo leggo negli occhi.

«Glielo dirai quando sarai pronto.»

«Non so se sarò mai pronto per questo.»

Non voglio neanche immaginare cosa potrebbe pensare se sapesse del tentato suicidio. Non mi ha mai chiesto il significato di queste due strisce nere, e va bene così. Non so se riuscirei a gestire la conversazione.

«Ci mettiamo al lavoro?» chiede dandomi una pacca sulla spalla.

Prendo il mouse e metto in moto il cervello. Creare mi tranquillizza e, se andrà bene, passeremo ore qui dentro senza accorgercene.

«Ce la puoi fare, amico. Ce la devi fare.»

Il peso che sento allo stomaco, la terribile sensazione che possano vedere che sto per crollare. Blake lo vede. Apre le braccia, appoggio la testa sul suo petto. Mi stringe dicendomi che andrà tutto bene e voglio credergli. Devo crederci.

Capitolo 15

Amelia

Sono passati parecchi giorni da quando Grey ha detto che sarebbe andato dal medico. Non l'ha ancora fatto. Non voglio fargli pressioni, mi fido di lui, anche se a volte ho la sensazione che mi scivoli tra le dita. Stiamo bene insieme, nonostante questo sono sempre in allerta. Ha mal di testa troppo spesso e passa dall'essere tranquillo a incazzato in un nanosecondo. Clara aveva ragione, stargli accanto è come fare un giro sulle montagne russe. Un giro infinito.

Mi sono informata sulla patologia, ho letto testimonianze di familiari delle persone affette da bipolarismo. È servito a farmi capire molte cose. Greyson è capace di amare, me l'ha dimostrato, e vedo quanto si sforza quando sente che sta per esplodere. Succede all'improvviso. È stanco, non dorme abbastanza, anche se non si direbbe, visto quante cose fa nello stesso momento. Se rimane troppo fermo, arrivano gli attacchi di panico come se scappasse da qualcosa che lo terrorizza. La grande incognita, quella che mi spaventa di più, è la depressione. Potrebbe schiacciarlo in silenzio e consumarlo. Finora non ho notato segnali al riguardo, e spero di accorgermene in tempo, se dovessero arrivare.

Ho capito che passa da un eccesso all'altro senza rendersene conto. Passa dall'euforia, all'eccitazione, all'apatia. L'altro giorno l'ho trovato in bagno, dopo aver fatto sesso, seduto sul pavimento. Tremava come se fosse spaventato. Quando succede, mi siedo accanto a lui e aspetto. Mi sono abituata all'irrequietezza, all'aumento dell'autostima e al suo essere spericolato. Quello a cui non mi abituerò facilmente è lo sguardo tormentato. Quello che mi ferisce di più.

Ho appena finito il turno, prima di uscire saluto Debra.

«Ci vediamo domani.»

È concentrata sulle porte scorrevoli davanti alla reception e capisco perché. Grey tiene le mani in tasca e sorride quando i nostri sguardi si incontrano. Si avvicina, mi bacia.

«Mi sei mancata.»

«Anche tu.»

Quando stiamo per uscire, Jonas ci viene incontro.

«Amelia, hai un minuto?»

Jonas tiene in mano la cartella clinica e fissa le nostre mani intrecciate, come se avesse capito l'ovvio, mi guarda senza ombra di imbarazzo. Anzi…

«Jonas, ti presento il mio fidanzato, Greyson.»

«Piacere di conoscerti.»

Grey gli stringe la mano, lo sguardo è intimidatorio. Non mi piace come lo guarda.

«Amelia mi ha parlato di te.»

«Davvero? Io invece non so niente di te.»

Spero che Jonas capisca che non è il momento giusto per fare una gara a chi ce l'ha più grosso. Grey si sente minacciato e non fa niente per nasconderlo. Jonas ignora il commento e si avvicina per mostrarmi la lastra di un paziente.

Cerco di controllare il nervosismo perché voglio evitare una scenata sul posto di lavoro.

«Ho operato questo paziente la settimana scorsa. Dopo il percorso post operatorio, vorrei che te ne occupassi tu.»

«Certo.»

«So che hai l'agenda piena, ma è un favore personale.»

«Nessun problema, Jonas.»

Questo significa che dovrò fare i salti mortali per incastrare tutti i turni, ma va bene. È il mio lavoro.

«Grazie, vi lascio andare. A domani, Amelia» dice dandomi un bacio sulla guancia. Abbiamo avuto una relazione e se ci vediamo in giro ci salutiamo così, ma non qui al centro. L'ha fatto per innervosire Grey? Non capirò mai gli uomini.

Quando arriviamo nel parcheggio, Grey sta praticamente fumando dalle narici. Avvia il motore e parte facendo stridere le gomme sull'asfalto. Sono pronta allo scontro, che Dio mi aiuti.

«Ti ha scopato, vero?»

Non ho intenzione di mentirgli per tranquillizzarlo. Non sarebbe corretto.

«Siamo stati insieme, è durata tre mesi.»

«Vuole scoparti ancora.»

«Non hai motivo di sentirti minacciato da lui. Siamo colleghi e amici, punto.»

Accelera sempre di più, guida con assoluta destrezza. Come se stesse guidando un triciclo piuttosto che un Hummer.

«Non mi sento minacciato da quel coglione tirato a lucido, sono incazzato!» sbotta colpendo il volante. La mascella tesa.

Gli sfioro il braccio con cautela.

«Smettila di guardarmi in quel modo, cazzo!»

«Come ti sto guardando?»

«Come se cercassi il segnale di un attacco psicotico. Sono solo geloso perché ti ha scopato. Mi è concesso di essere un cazzone geloso?»

Ferma la macchina sul ciglio della strada. Mi prende il viso tra le mani.

«Mi dispiace, ho esagerato.»

«Non voglio che tu sia geloso, non ne hai motivo. Forse non ti è chiaro quanto io sia legata a te.»

«Lo so, mi dispiace.»

Mi bacia e sorride sulle mie labbra.

«Puoi evitare di farti baciare da quello stronzo? Mi sentirei molto meglio se rimanesse a distanza, visto che lavorate insieme.»

«Siamo in reparti diversi, non stiamo a stretto contatto. Smettila di fare il bambino, Grey.»

Mi pento all'istante dell'ultima frase. Il suo sguardo cambia.

«Davvero? Se sono un bambino, perché non te ne vai?»

«Cosa?»

«Esci dalla mia fottuta macchina e chiama il dottore, così ti fai dare una bella ripassata da un uomo più adulto di me.»

«Smettila di fare lo stronzo. Questo comportamento non ha nulla a che fare con il problema.»

«Il problema si chiama bipolarismo, dolcezza. E non è solo un problema. È una catastrofe, e tu ci sei dentro.»
Non so perché stiamo litigando, la rabbia monta velocemente. Respiro per calmarmi, perché è chiaro che se perdo le staffe anch'io non arriveremo da nessuna parte.
«Grey…»
«Sei arrabbiata con me.»
Abbassa la testa, non mi guarda.
«No, è solo che…»
«Bugiarda!» urla all'improvviso.
«Sei arrabbiata, eppure mantieni la calma perché pensi che crollerò e ti stai tirando indietro.»
«Non lo sto facendo, ma se urliamo entrambi non risolveremo le cose.»
«Voglio che mi urli contro, che mi dici quanto sono patetico. Incazzati con me, per una volta! Tu hai paura di me!»
«Non voglio discutere, non perché ho paura, ma perché ti amo e voglio che ti calmi. Perché stai parlando come se fossi disponibile ad aprire le gambe per chiunque e non posso accettare una cosa del genere da parte tua.»
Esplode in una risata isterica. Ho paura, sì.
«Adesso sì che ragioniamo. È arrivato il momento.»
Ho il terrore di scoprire a cosa si riferisce, non è il momento di tirarsi indietro.

«Di cosa stai parlando?»

«Vuoi lasciarmi, vero?»

«No, perché lo pensi? Ti ho detto che non ti…»

«Bene, allora lo faccio io.»

«Grey, ti prego.»

Non mi ascolta mentre parte come un razzo. Rimango senza parole fino al mio appartamento. Quando frena di botto, non riesco a muovermi. Sono arrabbiata e sfinita.

«È stato un piacere, signorina Stone.»

Scende dalla macchina, apre lo sportello dal mio lato. Non so perché sta facendo così, è fuori di sé. Lo guardo negli occhi sperando che torni da me, non c'è traccia dell'uomo che amo. Decido di lasciarlo andare, perché per una volta io ho bisogno di stare sola. Non mi ferma mentre scendo e mi avvio. Non mi ferma mentre apro la porta. E sono sollevata che non l'abbia fatto. Lancio le chiavi sul tavolo e mi accascio sul divano. Rimango immobile non so per quanto tempo. L'arrivo di un messaggio mi distoglie dallo stordimento. Leggo e piango tanto.

- Ti prego, resta con me.

Non ha bisogno di pregarmi perché, anche se sono scossa e arrabbiata, lo amo lo stesso. È solo che non so cosa fare per farlo stare bene.

Sento cantare da qualche parte sul pianerottolo. Quando riconosco la voce corro ad aprire. È seduto accanto alla porta con le spalle appoggiate al muro. Gli occhi chiusi, assorto chissà in quali pensieri. Gli accarezzo i capelli, smette di cantare. Mi tira giù per farmi sedere su di lui.

«A volte non mi rendo conto di cosa faccio o di cosa provo. La mia testa è un casino e il dolore è così forte da stordirmi, non mi lascia mai. Ma questo» si tocca il petto all'altezza del cuore, «questo non è malato e quando batte forte per te, so che è giusto.» C'è così tanto dolore nei suoi occhi, nelle parole. «Resta con me» sussurra abbracciandomi forte. «Fa tanto male senza di te.»

«Sono qui, non vado da nessuna parte.»

Lo prendo sottobraccio e lo tiro su con delicatezza. Chiudo la porta e mi prendo un secondo per respirare. È in piedi davanti a me e non so cosa fare. Appoggio le mani sulle sue spalle, il contatto lo calma.

«Fallo andare via» mi supplica.

Vorrei che mi spiegasse il dolore che sente. Dirmi perché ha coperto i polsi con l'inchiostro nero. Toccandoli ho sentito le cicatrici, non voglio neanche pensare al perché. Ho paura di sapere. Ho paura che i miei sospetti siano fondati. Lo bacio con dolcezza, distraendolo dal dolore. Si calma non appena sente il calore delle mie labbra. Gli tolgo la maglia, lui fa lo stesso con la mia. Bacia le mie lacrime, mi infonde coraggio e non sa di farlo. Ogni gemito aiuta a rimarginare la sua anima e la mia.

«Fa' l'amore con me.»

Amo che sia qui. Amo che, nonostante il dolore, sia capace di dimostrarmi quanto ci sta provando. Che rappresento la salvezza, per lui. Tormentato e bellissimo, mentre i nostri corpi diventano una cosa sola. Gli dico che lo amo, ancora e ancora. Non risponde, ma so che per lui è lo stesso. Ho bisogno che ci creda. Che senta tutto il mio amore. Sono incantata dal luccichio dei suoi occhi azzurri così pieni di passione e adorazione.

«Non lasciarmi andare» sussurra mentre mi entra dentro.

Non ho intenzione di farlo, anche se questo mi trascinerà all'inferno con lui.

Capitolo 16

Greyson

La serata è calda e ventilata. Il locale in cui siamo è sulla spiaggia. Le tende svolazzano leggere intorno ai tavoli. Non avevo voglia di uscire stasera, ma è il compleanno di Emily e volevo che Amelia festeggiasse con lei. C'è anche il karaoke, quindi Blake non si è lasciato sfuggire l'occasione per sfoggiare il suo talento canoro. A vederlo sul palco mentre dimena i fianchi a tempo e canta a squarciagola, non si direbbe che ha una laurea al MIT. La mia ragazza è accanto a lui, canta e balla come se fossero un duo da anni. Hanno legato subito e ne sono felice.

Anche Emily, che consideravo matta, non disdegna la compagnia del mio migliore amico. Non so se le è chiaro che Blake non è disponibile, lo guarda maliziosa sperando di farlo cedere. Tutti e tre si esibiscono cantando *Dancing Queen*, degli Abba. Amelia indossa un vestito azzurro, leggero e assolutamente sexy. Il colore mette in risalto quello dei suoi occhi e non vedo l'ora di tornare a casa per strapparglielo di dosso.

Nelle ultime settimane il nostro rapporto è andato ben oltre l'impatto fisico. C'è una connessione mentale che a volte mi spiazza, tanto siamo legati. Ogni gesto, ogni parola è capace di farmi provare una felicità che pensavo di non poter sentire, ma allo stesso tempo mi terrorizza. Merito questo? Il suo amore? Merito lei?

«Emily ha un culo magnifico!»

Blake mi passa una birra ghiacciata, ne avevo bisogno. La fronte scura imperlata di sudore e un sorriso contagioso. Sono contento che si stia divertendo.

«Non dovresti guardarle il culo, amico.»

«Lo so, non è nella mia natura. Ma ti ricordi il periodo in cui ero confuso?»

Durante il liceo era una mina vagante. Cambiava idea a giorni alterni.

«Quando ti scopavi sia uomini che donne, a volte anche insieme nello stesso momento?»

«Esatto!»

«Stai pensando di scoparti Emily?»

«Non lo so. Non tocco una donna da anni, ma lei è diversa. Me lo fa diventare duro, è davvero strano.»

Non è poi tanto strano per un bisessuale.

«Hai presente quando ti diventa duro tanto da farti male?»

Annuisco. Ce l'ho presente eccome, in questo momento. Amelia sculetta e mi fissa come se volesse scoparmi, proprio ora.

«Lasciati andare e basta. Segui l'istinto.»

«Come hai fatto tu con Amelia? Ti dico la verità, non pensavo che sarebbe riuscita nell'impossibile. Ma l'ha fatto. Ti rende felice, e io sono molto contento per voi.»

Chiudo gli occhi un secondo e sospiro sperando che le sue parole entrino nella mia testa per convincermi che sia giusto. Sono nervoso e ansioso la maggior parte del tempo, invece quando c'è lei provo una pace indescrivibile.

«Stai andando alla grande, amico mio. Sono fiero di te.»

Allora perché ho la sensazione di non essere degno di conforto e amore? La mia mente lotta contro il cuore. Ripenso a ieri notte, quando lei dormiva nel mio letto. Mi sono alzato, ho camminato sulla sabbia, poi i piedi hanno toccato l'acqua. Il mare calmo, placido, mi chiamava. Un passo dopo l'altro verso un viaggio che sapevo dove mi avrebbe portato, eppure non trovavo un motivo per fermarmi. Un senso di apatia mi ha avvolto fino a che l'acqua è arrivata alla gola. Quelle dannate voci mi urlavano di arrendermi, di non combattere. Le ho scacciate e sono tornato a casa. Ho fatto la doccia, dopo mi sono sdraiato sul letto. L'ho abbracciata pregando di sentire la pace. E adesso eccola, davanti a me, come se avesse sentito il mio grido d'aiuto.

«Ti sei riposato abbastanza, King.»

Tende la mano, la prendo e mi regala il più bello dei sorrisi. Mi invita a ballare e l'accontento.

«Sono qui, Grey» dice guardandomi come se vedesse i miei pensieri cattivi. Come se volesse combatterli per me.

«Ti amo» sussurra sulle mie labbra.

Mi odio perché non riesco a risponderle. Lo provo, lo sento, ma la bocca rimane chiusa. Appoggio le mani sui suoi fianchi e la tengo stretta. Spero possa sentire il battito del mio cuore, voglio che capisca quello che provo. Questo è l'unico modo che conosco. Questo è quello che posso darle. Sono disgustato da me stesso mentre balliamo lentamente. Guardo i tatuaggi sui polsi e so che non posso dirle la verità, non capirebbe. Faccio ancora fatica a capirlo io stesso. Rimango calmo lasciandomi cullare dal calore del suo corpo contro il mio. Sta per succedere, lo sento. Ogni giorno che passa, perdo un po' il controllo. Amo mia nonna, che ultimamente è molto stanca, e soffro nel vederla seduta sul divano quando invece vorrebbe passeggiare sulla spiaggia. Amo Amelia perché rende il mio inferno un po' più vivibile. Eppure, nonostante sia circondato da persone che mi amano, sento che qualcosa si sta spaccando.

«Mi dispiace» sussurro sapendo che non può sentirmi per via del volume alto della musica. «Mi dispiace» ripeto angosciato. Non voglio darle false speranze. Non può credere che migliorerò.

«Facciamo una passeggiata.»

Si toglie le scarpe, io faccio lo stesso. Camminiamo in silenzio, ascoltando la melodia delle onde che si infrangono sulla riva. Ci lasciamo alle spalle le lanterne e le torce di bambù che illuminano il locale. Il calore delle sue dita mi assilla, mi sento soffocare. Cerco di concentrarmi sui suoi capelli lunghi e lucidi che svolazzano intorno al viso. L'espressione adorante mentre mi guarda. Per la prima volta sono tentato di dirle tutto quanto, di spiegarle il motivo dei tatuaggi. Mi sentirei più leggero o forse metterei la parola fine su di noi?

È così bella da far male, perfetta. Non voglio rovinarle la vita, è quello che succederà se non prenderò una decisione. Mi stringe il viso tra le mani, smetto di respirare.

«Qualsiasi cosa tu stia pensando o provando, posso gestirla. Non ho paura della tua mente.»

«Okay» concordo fingendo calma assoluta.

Più mi guarda, più capisco cosa fare. Adesso lo so.

«Siamo arrivati fino a qui. Hai lottato contro di me, ma ho vinto. Abbiamo vinto. Nei momenti in cui ti senti perso, aggrappati a noi per ricordarti di quanto amore mi hai dato. Ti amo così tanto che non riesco a respirare, a volte. Sento che il nostro legame diventa sempre più forte.»

Le sue parole mi spezzano l'anima.

«Non ti sto dicendo che sarà sempre facile, però ti giuro che ci sarò. Quando penserai di cadere, guardami e basta.»

Credo a ogni singola parola. Emetto un verso strozzato, le parole che vorrei dire si incastrano sulla lingua.

«So che mi ami, non hai bisogno di dirlo. È tutto qui.»

Appoggia la mano sul mio cuore. Guardo ancora i tatuaggi, dopo i suoi occhi. Dovrei smetterla di fingere.

«Me lo dirai quando sarai pronto e, se non dovesse succedere, andrà bene lo stesso.»

Provare dolore è inevitabile. Il dolore della consapevolezza, quella che metterà fine a questo gioco.

La mia bocca si apre, cerco le parole e non le trovo.

«Prima o poi tutti i giochi finiscono.»

Mi guarda perplessa. Non ha idea di cosa stia dicendo.

«Ho passato tanti momenti difficili e li ho affrontati quasi sempre da solo. Mia nonna è stata l'unica a combattere per me, prima che arrivassi tu. Da quando mi stai accanto, mi sento più forte perché ho una ragione. Tu sei l'unica ragione, ma...»

La voce di Blake in lontananza mi blocca. Arriva insieme a Emily, correndo come un matto.

«Grey, dobbiamo andare. Clara si è sentita male e Isabelle ha chiamato l'ambulanza.»

E tutto il mio cazzo di mondo crolla. Amelia sbianca di colpo, guardandomi come se fossi già in ginocchio. Lo sono, ma non ancora fisicamente. Parto per primo lasciandoli indietro. Corro così veloce, non è abbastanza. Non è mai abbastanza. Aspetto che arrivino al parcheggio. Blake si mette alla guida, mentre Emily e Amelia si siedono dietro di noi.

«Vedrai che starà bene.»

Vorrei tanto credergli. Amelia chiama Isabelle per conoscere i dettagli. Io non riesco neanche a tenere il telefono in mano, tanto tremo. Dieci minuti dopo siamo davanti all'entrata del pronto soccorso. Mi manca l'aria, letteralmente.

«Amelia, entra con Emily. Io rimango qui con Grey.»

«Cosa?»

Eh già, il suo sconcerto è plausibile. Perché mai dovrebbe entrare lei e non io? Amelia non capisce, non può. Mi guarda come se cercasse una risposta valida e la rabbia mi acceca.

«Non posso entrare!» urlo tirandomi i capelli come un disperato. Il corpo trema, le gambe cedono. Mia nonna potrebbe morire e non posso vederla perché la paura crea panico. Amelia sbatte le palpebre per ritornare lucida. Mi guarda un'ultima volta prima di correre verso l'entrata. Ha preso la decisione giusta.
«È tutto okay, amico. Lei saprà cosa fare.»
Sono un mostro.

Amelia

Arrivo all'accettazione, frastornata dagli eventi. L'uomo che amo è crollato in ginocchio urlando disperato e non so perché. Emily evita di fare domande e mi guarda preoccupata. Aspettiamo che qualcuno ci dia notizie.

«Grazie al cielo siete qui!»

Isabelle ci viene incontro. È sconvolta, ansima per riprendere fiato. Mi abbraccia e mi si stringe il cuore mentre spiega cosa è successo.

«Era così stanca, si rifiutava di mangiare. Greyson tiene aggiornata una tabella con i farmaci da prendere, se ne occupa sempre lui, quindi non c'era bisogno di controllare. Non ho capito subito cosa stava succedendo. Non è da lui essere distratto. Non ha rispettato le dosi e la glicemia si è abbassata di colpo» singhiozza. Emily le tocca la spalla per confortarla. «Il dottore dice che è disidratata e le mancate dosi di insulina hanno causato il coma.»

Vorrei accasciarmi sul pavimento per la disperazione ma non posso. Devo combattere per Grey.

«Ha perso conoscenza mentre guardavamo la tv. Ho chiamato subito l'ambulanza.»

Isabelle trema tra le mie braccia e non so cosa fare. Mi ripeto che dobbiamo mantenere la calma e aspettare che i livelli di zucchero nel sangue si abbassino. Mi ripeto che Clara starà bene e si sveglierà presto. Mi ripeto che Greyson riuscirà ad affrontare tutto questo.

Il corridoio sembra non finire mai mentre andiamo nella stanza di Clara. Entro senza esitare. Ho bisogno di vederla. Il viso è pallido, la mascherina l'aiuta a respirare. Vorrei vedere i suoi bellissimi occhi azzurri che mi guardano con affetto, non succede.

«Dov'è Greyson?» chiede Isabelle ancora scossa dai singhiozzi.

«È fuori con Blake.»

Emily risponde per me, perché all'improvviso ho la gola secca e fatico a deglutire. Perché non è qui? Cosa l'ha spaventato tanto? Accarezzo il viso di Clara promettendole in silenzio che andrà tutto bene. Deve andare bene. Isabelle mi fissa come se avesse sentito le mie domande inespresse.

«Mio nipote non può entrare in ospedale perché ha dei ricordi molto spiacevoli.»

«Perché?» chiede la mia amica, venendomi in soccorso.

«Dopo la morte del fratello fu ricoverato per un paio di settimane, senza il suo consenso. All'epoca aveva diciassette anni e i genitori pensavano che fosse la cosa migliore per lui.»

«Ma Clara è stata un mese al centro di riabilitazione e...»

«Non è mai andato a farle visita. Si vedevano ogni giorno tramite videochiamata. Clara sapeva che lui non poteva andare, ecco perché aveva tanta fretta di essere dimessa. Adesso che lei non può parlare, sarà molto dura per Grey.»

Sento un nodo allo stomaco. Quanta paura sta provando, in questo momento? E cosa farò per farlo stare meglio? Se potrò aiutarlo in qualche modo. Non sapevo del ricovero forzato, né del motivo per il quale i genitori presero quella decisione. Clara è tutto quello che ha, non posso credere che il destino possa accanirsi così. Emily armeggia con il telefono e so che parla con Blake. In questo momento sono troppo vigliacca per chiedere.

Pochi minuti dopo riesco a parlare con il medico di turno. Ascolto attentamente ogni parola che riferirò a Grey. Dopo un po' salutiamo Isabelle e usciamo in silenzio. Emily sale sul taxi anche se non voglio che venga con me.

«Non è necessario, Em. Posso farcela.»

«Blake l'ha portato a casa per tranquillizzarlo, ma non credo sarà così semplice. È esploso in quel modo che… hai bisogno di me.»

«Posso gestirlo.»

«No, Amelia. Non ti lascio sola con lui.»

È preoccupata, lo capisco. Non sappiamo cosa troveremo, tuttavia non voglio che salti a conclusioni affrettate. Non lo conosce come lo conosco io.

«Quello che abbiamo visto è solo l'inizio. Ha perso il controllo perché non prende le pillole da troppo tempo e visto che sei accecata dai sentimenti per ragionare, resterò con te.»

«Come fai a sapere che…»

«So più cose di te e ti sto dicendo che è pericoloso. Quindi adesso scendiamo da questa macchina e sistemeremo la faccenda. Se le cose si metteranno male, ti trascinerò via a forza.»

Non ho dubbi che lo farà. La capisco, ma non lascerò che Grey si autodistrugga. Perché se dovesse succedere, anche una parte di me si distruggerebbe. È solo questione di resistenza.

Le urla di Blake squarciano la notte silenziosa. Ci precipitiamo in casa e quello che vediamo è spaventoso. Il soggiorno sembra un campo di battaglia. Cuscini strappati, sedie rotte, il tavolo ribaltato. Greyson boccheggia con le mani sulle ginocchia, Blake è dall'altra parte della stanza con gli occhi sconvolti. Ha il labbro spaccato e un taglio sulla guancia. Emily corre da lui, controlla le ferite. Io non riesco a muovermi. Quello davanti a me non è l'uomo che amo. È un estraneo con le nocche insanguinate e lo sguardo allucinato.

«Amelia, non ti avvicinare a lui» intima Blake. «Adesso si calma, ha solo bisogno di un minuto.»

Emily lo aiuta a sedersi. Non so se ha una costola rotta, visto che si tiene il fianco e fa una smorfia di dolore. Cosa ha fatto? Perché?

«Hai aggredito Blake?» chiedo con fermezza.

Grey non mi guarda, è come se non si fosse accorto della mia presenza.

«Ci siamo picchiati a vicenda, ma lui ne ha schivati più di me.» Blake ride, anche se gli occhi sono pieni di lacrime. «Brutto cazzone bastardo, voleva distruggere tutto e ho cercato di fermarlo. Tanto lo sa che dopo dovrà mettere tutto a posto. Non è vero, stronzo? Quando tornerai in te, dovrai rimediare.»

Faccio un passo verso di lui.

«Dovreste andare, è tutto sotto controllo. Domani tornerà più fresco e stronzo di prima.»

Emily lo stringe tra le braccia. Io faccio un altro passo.

«Uscite da qui» dico seria. Le gambe tremano, non smetto di avanzare. Ho paura che se mi fermassi non riuscirei più a trovarlo. Lo sento così lontano eppure è a pochi metri da me.

«Me ne occupo io.»

«No» urla la mia amica terrorizzata.

«Em, ti prego. Ho bisogno di stare sola con lui.»

«Guardalo, è come se fosse in un altro mondo!»

Non so neanche se ci sta ascoltando, non importa.

«Restate fuori, così potrete vedere dalle vetrate. Non mi farà del male.»

Riluttanti, mi ascoltano. Prima di andare, Emily mi guarda seria come non l'ho mai vista.

«Se oserà torcerti un capello, giuro che entro e lo uccido.»

Le credo senza riserve. Lo farebbe davvero.

Quando restiamo da soli, mi concedo di respirare. Solo due metri ci dividono.

«Grey» sussurro senza muovermi.

Non alza la testa, nessuna reazione.

«Ho parlato con il medico che si occupa di Clara. Ha detto che si riprenderà. È stato solo un incidente di percorso. Nulla che non si possa risolvere. So che sei spaventato, lo siamo tutti, però dobbiamo affrontare la paura.»

Ancora nessuna reazione. E poi faccio l'unica cosa che mi viene in mente, canto.

«*I can't smile without you…*»

Alza la testa di scatto.

«*Can't smile without you…*»

Ringhia come un animale selvatico pronto a scattare, non mi fermo adesso che ho attirato la sua attenzione.

«*I can't laugh and I can't sing, I'm finding it hart to do anything…*»

«Sta' zitta!»

«*You see I feel sad when you're sad…*»

«Non cantare quella canzone, Amelia.»

La sua voce è terrificante, come se non fosse la sua.

«*I feel glad when you're glad…*»

«Smettila!» urla così forte da stordirmi.

Faccio un passo indietro.

«Parlami» lo imploro.

«È tutto sbagliato. Io ho sbagliato. È colpa mia se è in ospedale. Mi sono distratto, non ho controllato la tabella. È sempre colpa mia» urla ancora.

La lampada che lancia mi sfiora i capelli prima di frantumarsi sulla parete dietro di me.

«Non è colpa tua.»

«Vattene!»

Prende altri oggetti lanciandoli con furia. Rimango immobile pregando che niente mi colpisca. È completamente fuori controllo.

«Vuoi giocare, eh?» chiede toccando il tastierino numerico dell'allarme. I pannelli d'acciaio scendono coprendo le vetrate. Blake e Emily urlano battendo i pugni sulle finestre. Li ha chiusi fuori e ha chiuso noi dentro.

«Vuoi giocare con me, signorina Stone?»

Sono così terrorizzata dalla domanda che non trovo la forza di rispondere. Si inginocchia davanti a me, toglie la maglia.

«Non piangere, cazzo!»

Non riesco a fermarmi.

«Le vedi queste?»

Indica i polsi. Non vedo le cicatrici coperte dall'inchiostro, ma so che sono lì.

«Il giorno del funerale volevo sentire dolore, invece non sentivo niente. Mio fratello era morto e non riuscivo neanche a piangere. Ero completamente insensibile mentre attorno a me tutti piangevano.»

Tremo, singhiozzo. Posso sentire il cuore che si spacca in due.

«Hai paura di me?»

«Non ho paura di te, ho paura per te.»

«Toccami.»

Gli accarezzo i capelli, i suoi occhi mi implorano di aiutarlo.

«Non sento niente.»

Gli tocco il viso.

«Non sento più niente, qui.»

Si tocca il petto e io non voglio crederci. Mente. Si alza, mi guarda negli occhi.

«Era l'unica cosa giusta, batteva solo per te. Adesso non è più così. Niente!»

La freddezza nella sua voce mi spaventa a morte.

«Non sei all'altezza di giocare con me.»

Si allontana bruscamente. I pannelli si alzano. Blake e Emily si precipitano dentro, sconvolti.

«Emily, dovresti accompagnare la tua amica a casa. Credo abbia bisogno di stendersi» dice, come se fossi un estraneo fastidioso di cui liberarsi.

E allora mi arrendo perché non ho la forza di reagire. Non adesso.

Il ritorno a casa è silenzioso. Emily mi stringe tra le braccia impedendomi di sgretolarmi. Il cuore è sprofondato nel buio più assoluto. Arriva un messaggio.

- Resta con me.

Scaglio il telefono contro il muro. Urlo e piango. Sarò forte abbastanza per giocare ancora?

Greyson

I polmoni bruciano, corro ancora più veloce. Ho bisogno di accelerare, di sentire i muscoli doloranti. All'alba, dopo aver chiuso gli occhi, ho avuto un'intuizione. L'ho messa su carta, tra non molto diventerà realtà. Da quando nonna è ricoverata, mi manca la terra sotto i piedi e l'unico appiglio in grado di salvarmi è la ragazza che ho allontanato. Quella che ho spaventato a morte. Quella che ho mandato via. Quella che è rimasta nonostante tutto.

Il mostro si avvicina, lo sento, e non voglio che lei lo veda. Anni fa, prima di precipitare, avrei alzato la testa per cercare qualcosa a cui aggrapparmi. Adesso non lo farò, sono così stanco. Voglio fuggire dal terrore di non provare niente.

Il sole picchia forte mentre mi fermo per riprendere fiato. Blake accumula buste di immondizia sul portico e non so perché sia ancora qui con me. Si rifiuta di lasciarmi, anche dopo averlo colpito. Anche dopo averlo deluso di nuovo. Affronta tutto questo come gestirebbe una crisi aziendale. Individua il problema e rimette a posto i pezzi, valutando ogni conseguenza con una calma che gli invidio. Qual è il motivo di tanta determinazione? L'obiettivo? Io non vedo nulla davanti a me, non più. Mi sento vuoto, privo di energia. Solo disperazione. Questa mattina ha cercato di farmi parlare per aiutarmi, cosa avrei dovuto dirgli? Che sto male per qualcosa a cui non riesco a dare un nome? Che ho un nodo immaginario in gola? Che vorrei essere spaventato perché non so se rivedrò gli occhi di mia nonna? La mia sofferenza è invisibile perfino a me.

Vorrei essere aiutato, anche se non so come chiedere aiuto. Soffro e basta e non voglio più che sia così. Avrei voluto che mio padre, quel giorno, avesse tirato fuori la sua Glock e mi avesse sparato in testa. Avrebbe voluto farlo, lo so, ma ha preferito rinchiudermi in un ospedale psichiatrico. Tre mesi di isolamento e terapie non servirono a niente, ma all'epoca ero un ragazzino e tante cose non riuscivo a nasconderle. Adesso sono piuttosto bravo a mentire. Ecco perché Blake mi ha creduto quando stamattina l'ho aiutato a sistemare, gli ho chiesto scusa e ho promesso di comportarmi bene. Che affronterò i miei demoni. Mi ha creduto, e mi odio per questo.

«Se hai finito di correre, potresti darmi una mano. E già che ci sei, smettila di sorridere come un idiota.»

Incrocio le braccia e mi appoggio alla porta. Non so perché sorrido, in realtà. Forse perché trovo buffo che un uomo di un metro e ottanta indossi un grembiule da cucina bianco che mette in risalto la carnagione scura.

«Ti sta bene il grembiule.»

«Lo so, a me starebbe bene qualsiasi cosa. Sono figo sempre. Ah, dovresti andare a farti una doccia perché la tua ragazza sarà qui a momenti.»

Dovrei sentire le gambe deboli per ciò che ha detto, la paura del confronto, l'ansia. Non provo niente.

«Non è più la mia ragazza.»

Mi ha abbandonato.

«Sarei d'accordo con te, dato il modo in cui l'hai trattata, ma lei non è dello stesso avviso. Ha passato le ultime due ore in ospedale per assicurarsi che Clara stia bene.»

So che sta bene, nonostante il coma. Ho parlato con il dottore. I parametri sono lentamente tornati nella norma, ma non ha ancora aperto gli occhi.

«Quindi, appena arriva, cerca di implorare il suo perdono visto che è talmente folle e innamorata da volerti vedere ancora. Amico mio, hai accanto la donna più cazzuta di questo mondo.»

Ne sono consapevole, purtroppo. In pochissimo tempo è riuscita a instaurare un bellissimo rapporto con zia Isabelle e la nonna. Ormai entrambe sono innamorate di Amelia quasi quanto me.

«Sei ancora qui? Vai a fare la doccia, puzzi!»

Faccio come dice, ma prima lo abbraccio. Non ne ho bisogno, credo sia la cosa giusta da fare.

«Ti voglio bene anch'io, stronzo fuori di testa.»

Vorrei rispondergli come si deve, non ci riesco.

Sotto la doccia mi prendo il tempo per pensare. Cosa farà? Cosa dirà? Ho preso una decisione e niente mi farà cambiare idea. È tutto pronto, non sono mai stato tanto lucido in vita mia. L'ho costretta a restarmi accanto. Ho rischiato di farle del male. Ho provato ad amarla come merita. Ho fallito su tutta la linea e non ne sono sorpreso. Il dolore non mi lascia mai, neanche adesso che lei è qui. Avvolgo un telo sui fianchi, non ho il coraggio di toccarla perché ho paura di non sentire niente. I suoi occhi così belli e profondi mi fissano con cautela. Conosco questo sguardo. Ha paura di me, esattamente come aveva paura mia madre quando non sapeva come gestirmi. Le sorrido perché, per quanto possa essere folle, voglio che mi ricordi così. Ha il viso stanco, le occhiaie profonde, e anche così è la donna più bella che abbia mai visto. Le passo un braccio intorno alla vita, attirandola a me.

«Mi stai lasciando, non è così?»

«No» mento.

La stringo forte al mio petto.

«Mi dispiace.»

«Non sei costretto a combattere da solo. Sono qui, Grey. Sarò sempre qui.»

So di amarla, la amo, ma non riesco più a sentirlo. È come se il mio cuore fosse congelato. Rimango calmo, devo. La mia anima si sta preparando all'inevitabile. Singhiozza sul mio petto e la stringo ancora di più. Non provo conforto né amore. Neanche quando mi accarezza la schiena. Quando le sue braccia mi stringono come se avesse bisogno di aggrapparsi a qualcosa per non cadere.

«Giocheremo insieme.»

«Insieme» ripeto mentre la tocco. Registro ogni curva del suo splendido corpo. Ogni respiro, ogni reazione.

Sorride debolmente. Sono grato che mi guardi ancora con desiderio. Onorato che mi ami, nonostante tutto. Dischiude le labbra per permettere alla mia lingua di entrare e profanare la sua bocca. Perché è questo che sono, un profanatore. Facciamo l'amore senza fretta, come se avessimo tutto il tempo del mondo. Non c'è più tempo, invece. Quando si addormenta tra le mie braccia, respiro il suo profumo, una miscela perfetta tra lei e me. Le accarezzo i capelli, sorride nel sonno. Spero che un giorno capirà. Spero che tutti loro capiranno. Mi alzo facendo attenzione a non svegliarla. Blake è nella stanza della simulazione. Gli ho fornito tante di quelle idee che resterà lì dentro per un bel po'.

Mi concedo un minuto per andare in spiaggia. Ascolto il suono del mare, le onde che si infrangono dolcemente sulla riva, il vento, il fruscio della sabbia. Mi aggrappo all'ultimo folle pensiero, la mia anima è pronta. Torno in camera, mi stendo sul letto. La guardo ancora. Il cuore batte veloce quando avvicino la lama al polso. Le dita tremano leggermente, anche se so che è la cosa giusta da fare. Mi arrendo al dolore, mi arrendo a me stesso. Una mano sul cuore dove il nome di Andy brucia. L'altra sull'unica donna che abbia mai amato. La mia esistenza abbandona il corpo lentamente.

«You know I can't smile without you...»

Chiudo gli occhi. Oh, la sento. La pace.

«I'm finding it hard to do anything...»

Scivolo nell'oscurità.

Amelia

Sono in dormiveglia, lo sento cantare. Non voglio aprire gli occhi, sono così rilassata. Mi lascio cullare dalla sua voce, profonda e perfetta. Abbiamo fatto l'amore ed è stato incredibile. Dolce, passionale. Il modo in cui mi ha guardata, come se non avesse potuto farlo mai più. Non sapevo cosa aspettarmi. Speravo di trovarlo calmo e collaborativo e così è stato. La crisi è passata, ma c'è tanto di cui parlare. Meglio andarci piano, basta così poco per perderlo.

Apro lentamente gli occhi. Il sole è alto nel cielo. Abbiamo saltato il pranzo e lo stomaco brontola. Uno strano odore ferroso mi colpisce le narici. È intenso. La mano di Grey è sul mio addome. Vedo sangue, tanto sangue. Giro la testa di scatto. Dorme, il viso pallido. La mano sul petto, e il sangue che scende dal polso lacerato. Esce a fiotti, scuro e terrificante. Lo scuoto per le spalle, ottenendo solo uno spasmo delle palpebre. Chiamo l'ambulanza prima di lasciarmi andare alla paura. Spiego all'operatore tutto in pochi secondi, mentre gli sollevo le braccia. Improvviso un laccio emostatico strappando il lenzuolo e applicandolo un po' più in alto dei tagli. Mantengo la calma, anche se è come se fossi dentro una bolla, tutto ovattato, tutto surreale. Aveva detto che stava bene. Che andava tutto bene. Urlo il nome di Blake sperando che mi senta. Devo fermare l'emorragia, devo convincermi che non è troppo tardi. Urlo ancora, cado in ginocchio nuda e piena di sangue. È ovunque su di me. Come ha potuto fare una cosa del genere? Blake arriva correndo, mi trova sotto shock mentre stringo a me il corpo inerte dell'uomo, che aveva promesso di combattere. Ha gli occhi chiusi e prego che li apra.
«Amelia, che cazzo succede?»
Si interrompe quando capisce. Quando vede con i suoi occhi.

«Figlio di puttana! Sei ferita?» chiede muovendosi veloce. Come se volesse imporre al proprio coraggio di prendere le redini della situazione. Tocca un punto sul collo dell'amico.

«È ancora qui, il bastardo. Amelia, lascialo e mettiti qualcosa addosso. Hai chiamato l'ambulanza?»

Annuisco. Mi tocca le braccia per prenderlo, ma io non voglio. Non posso lasciarlo.

«Lascialo, Amelia.»

Mi guarda negli occhi, i suoi sono pieni di lacrime come i miei. Impreca, asciugandole. Faccio come dice, meccanicamente. Infilo la maglia di Grey e i pantaloncini. Tremo, incapace di smettere.

«Non lascerò che esca di scena. Tesoro, non preoccuparti. Gli darò tanti di quei calci in culo che non potrà sedersi per un mese.»

Ho la vista appannata, il cuore distrutto. Voglio sentire la sua voce, il suo calore. Il sangue è così denso. L'inchiostro copre i tagli, è difficile capire quanto siano profondi. Non si muove! Blake gli solleva le gambe.

«Dimmi che non se n'è andato, Blake. Dimmelo.»

Vedo la risposta nei suoi occhi, non ho neanche la forza di urlare. Voglio solo toccarlo, sentirlo. Gli accarezzo i capelli e muoio lentamente con lui. Riesco a malapena a respirare quando arrivano i paramedici. Blake risponde alle loro domande, calmo e controllato, anche se dentro sta impazzendo come me.

Si muovono intorno a noi. Mettono Grey sulla barella. Blake mi obbliga a camminare dietro di loro.

«Sapranno cosa fare, cerca di resistere. Ha bisogno di te.»

Mi accarezza il viso, anche le sue dita tremano.

«Respira, Amelia. Respiriamo insieme.»

Le mie mani tremano, coperte di sangue. Il suo sangue. Prima che i paramedici chiudano gli sportelli chiedo di salire. Il medico annuisce. Mi indica la sedia pieghevole sulla quale sedermi. Blake corre verso la sua auto per seguirci. Il rumore della sirena mi fa sussultare. La mascherina sul viso mi impedisce di toccarlo, di fargli sentire che sono qui con lui. Hanno fasciato i polsi, ma il sangue ha già impregnato parte delle garze. Come se volesse uscire fino all'ultima goccia.

Quando arriviamo al pronto soccorso, Blake ci viene incontro. Non so come riesco a camminare mentre i medici spingono la barella fino all'entrata. Un'infermiera mi blocca.

«Non può andare oltre, mi dispiace. È una parente?»

«Sono…»

Ero…

«È la sua ragazza» interviene Blake dietro di me.

Storditi, ci dirigiamo verso il box accoglienza. Rispondiamo alle domande e mi rendo conto di non sapere molte cose. Alla domanda sull'assunzione di farmaci, risponde Blake. Conosce la data dell'ultimo ricovero, il motivo, i medicinali che non ha più assunto. L'infermiera ci lascia per verificare i dati.

«Devo chiamare Isabelle.»

«Ci penso io, tu resta qui. Ti porto qualcosa da bere.»

«Devo chiamare Emily.»

«Amelia, ci penso io.»

Sono così grata che sia qui.

«So che sei spaventata, lo sono anch'io, ma dobbiamo essere forti per lui. Lo considero come un fratello e sapevo che non stava bene, anche se ha finto. Lo conosco da una vita, può farcela, ma non potrà combattere da solo. Non questa volta. Ha bisogno dell'aiuto di persone competenti, lo capisci?»

Lo capisco. Se è arrivato a questo, è perché non voleva essere aiutato nemmeno da me.

«Sapevo che stava per esplodere e non ho fatto nulla per impedirlo. Mi sono fidato, capisci? Dopo questo, lo costringerò a curarsi. E non me ne frega un cazzo se mi odierà. Se mi allontanerà. Lo farà anche con te, tu non mollare.»

Si siede accanto a me, stringe le mie mani tra le sue.

«Non ho potuto fare niente» sussurro fissando il pavimento.

«Non è colpa tua. Nessuno è responsabile di tutto questo. Non è la prima volta che ci prova» confessa arrendevole.

«Dopo il funerale di Andy, è andato in bagno e si è tagliato le vene. All'epoca era minorenne e i genitori acconsentirono al ricovero. Per tre mesi fu obbligato a prendere il litio. Lo faceva stare male, era sempre stanco e dormiva quasi tutto il giorno. Si rifiutava di parlare con chiunque, tranne che con me e Clara. Andavamo a trovarlo ogni giorno. Già dopo un mese era irriconoscibile. Aveva perso peso, gli occhi privi di emozione. Avrei potuto prenderlo a pugni e non avrebbe sentito nulla. Era un cazzo di robot. Odiava quel posto e non poteva andarsene senza il consenso dei genitori. Una volta finito il periodo di recupero, ha chiuso i ponti con loro. Vive con Clara da quel giorno. I genitori divorziarono poco dopo. Sua madre era inconsolabile per la morte del figlio e colpevolizzava Greyson. Alla fine si è chiusa nel suo dolore.»

Sentire tutto questo mi devasta.

«Durante l'università, la sua creatività era in continua evoluzione. Creava personaggi incredibili. Lavorava come un matto, e poi è arrivata la fama. Nel giro di un anno fondò l'azienda diventando un mito. Non voleva che i farmaci fermassero l'ascesa. Stabilizzavano l'umore, ma frenavano la creatività. Non del tutto ma in parte. Mollò la terapia più volte perché era convinto di poter gestire le cose, si sbagliava. Il ricovero di Clara è stato un duro colpo per lui.»

«Sì, l'ha detto anche a me, ma ha mentito su tante cose.» Per proteggermi? Per proteggersi? Non lo so.

«Si sente responsabile della morte del fratello, anche se non è stata colpa sua.» Si tiene la testa tra le mani, stanco. «Andy era un ragazzino timido, studioso e attento alle regole. Aveva solo quattordici anni, cazzo. Voleva essere spericolato come Grey, era il suo fottuto idolo. Erano molto legati. Andy vedeva Grey in modo diverso. Lo vedeva davvero, capisci?»

Racconta di quella notte come se avessi bisogno di sapere tutto, adesso. Quando Andy si schiantò a tutta velocità sul guardrail di una curva presa male. La moto ingovernabile. Aveva letto i messaggi sul telefono di Greyson. Era uscito di nascosto, sapeva dove si sarebbe svolta la gara clandestina. Aveva preso la moto per dimostrare al fratello di essere all'altezza. Di poter essere spericolato come lui. Quella notte pioveva, lo trovarono sull'asfalto, le ossa rotte e il cranio tenuto unito solo dal casco. Ecco perché Grey ogni volta che c'è un temporale prende la moto. Per ricordare la notte in cui vide il fratello esalare l'ultimo respiro. Dopo la terribile verità Blake si allontana un attimo per chiamare Isabelle. Torna insieme a un dottore che adesso ha l'autorizzazione per parlare con noi. Come se fossimo estranei che non hanno diritto di sapere, se non dopo il permesso.

«Sono il dottor Carson» dice l'uomo davanti a noi.

«Ho appena finito di operare il signor King. È stabile, al momento, ma è presto per dire se ci saranno danni celebrali.»

Ascoltiamo in silenzio e, anche se siamo stremati, ci stringiamo l'un l'altra. È vivo!

«Ha perso molto sangue, ma per fortuna i tagli non erano profondi. Il sangue è uscito lentamente. È vivo solo perché ha esitato.»

Ha esitato? Per questo mi concedo di sperare che vada tutto bene e pregare di rivedere i suoi occhi? Mi aggrappo a questo per non crollare.

«Potrete vederlo tra poco.»

Ringraziamo il dottore. Blake si allontana per fare un paio di telefonate. Rimango seduta, guardo le mani ancora macchiate di sangue. Mi abbandono a un pianto disperato perché non so cosa dovrò affrontare. Non so cosa fare, cosa dire, come combattere. Aveva detto che stava bene e gli ho creduto. Ho voluto crederci. Ho creduto di poterlo aiutare, se siamo qui, ho fallito.

Greyson

Non dovrei essere in grado di sentire l'odore del disinfettante, eppure lo avverto. Non dovrei udire il bip del macchinario alla mia destra, eppure lo sento. Non dovrei percepire il calore delle dita intrecciate alle mie, eppure lo provo, e il mio cuore sa esattamente di chi sono.

Piange, singhiozza, e non ho il coraggio di aprire gli occhi perché non sono degno di guardarla.

«Resta con me» sussurra.

La frase che le ho detto mille volte. Non sono pronto per questo, per affrontare la vergogna.

«Ti prego, Grey. Combatti, il gioco non è ancora finito e tu devi continuare a giocare.»

Mi accarezza la guancia. Sto impazzendo. Il dolore doveva schiacciarmi, farmi sparire per sempre. Non avevo previsto di tornare. Non dovevo riaprire gli occhi. Non dovevo causare altro dolore.

«Amelia, è tardi.»

Blake, il mio vecchio e inarrestabile amico.

«Solo un momento.»

«Andiamo, Emily ti aspetta. Vai a casa, riposati e poi torna qui.»

«Non voglio lasciarlo con loro.»

«Con tutto il rispetto, signorina, abbiamo tutto il diritto di essere qui. Siamo i suoi genitori.»

Merda.

«Cerchiamo di mantenere la calma. Adesso usciamo tutti perché se l'infermiera ci trova ancora qui ci sbatte fuori a calci.»

Le sedie stridono sul pavimento, si spostano. Le sue labbra sulle mie, così calde. Dio, quanto vorrei toccarla. Quanto vorrei dirle che mi dispiace di essere ancora vivo. Pochi secondi dopo la stanza diventa silenziosa. Sospiro sollevato che siano andati via.

«Puoi aprire gli occhi, figlio di puttana. Siamo soli.»

Cazzo, gli devo almeno questo.

«Bentornato, maledetto bastardo.»

Blake è in piedi accanto a me. La barba incolta, il viso stanco, come se non dormisse da giorni.

«Prima di farti il culo, ti aggiorno sulla situazione.»

Se mi prendesse a calci, non lo fermerei.

«Non sforzarti di parlare, ti hanno tolto il respiratore un paio di ore fa. Ho poco tempo, visto che a momenti entrerà il dottore. Voglio solo dirti che mi hai spaventato a morte e vorrei ucciderti con le mie mani.»

La sua voce rotta fa male.

«Davvero pensavi di risolvere le cose in questo modo? Non hai pensato a Clara, Isabelle, Amelia, non hai pensato a me?»

Le lacrime gli rigano il viso. Mi sento come se lo avessi pugnalato al cuore.

«Amelia è stata seduta accanto a te per cinque giorni. Non ti ha mollato neanche per un secondo. Nessuno di noi lo ha fatto. Sono incazzato con te, ma quanto è bello vedere che sei tornato.»

Mi abbraccia, singhiozza sul mio collo. Alzo il braccio, sono troppo debole. Le bende coprono i polsi e la mia vergogna, ancora una volta.

«Per adesso basta, il dottore ha detto di andarci piano.»

«Blake…»

«Sta’ zitto! Ci sto andando molto piano, considerando che vorrei farti a pezzi. Ringrazia che ti amo come un fratello.»

Annuisco. Le lacrime che bagnano il cuscino mentre il mio migliore amico mi dimostra quanto ci tiene a me, e penso solo di non essere riuscito a fare tagli più profondi perché all’ultimo secondo ho avuto paura. Tutto questo perché sono un debole. Questo dannato nodo di tristezza e odio verso me stesso mi attanaglia lo stomaco. È ancora qui, è sempre qui.

«Non li farò entrare se non sei pronto, capito?»

Annuisco, incapace di fare altro. Prende il telefono e non mi piace.

«Cosa… stai…»

Cazzo, ho la gola in fiamme.

«Chiamo Amelia per farle sapere che ti sei svegliato.»

«No.»

Il suo nome mi provoca una fitta al petto.

«Cosa, no? Non devo chiamarla?»

«No» esclamo graffiandomi la gola per lo sforzo.

Mi guarda come se non capisse la mia negazione.

«Non voglio… vederla. Non adesso.»

Sospira, capisce che il senso di colpa mi schiaccerebbe se dovessi affrontarla?

«D’accordo. Magari aspettiamo un po'.»

«No.»

«Grey, non posso nasconderle che ti sei svegliato. Tra poco tornerà. È già preoccupata per Clara, non posso darle altro a cui pensare.»

Mia nonna, il mio angelo. Gli faccio cenno di continuare, sperando che capisca che voglio dettagli su di lei.

«È stabile, ma non si è ancora risvegliata. Sta' tranquillo, non è sola.»

Non dovevo sbagliare, non questa volta. Ho mandato tutto a puttane.

«Sarai la prima persona che vorrà vedere, quindi cerca di riprenderti il prima possibile. Lei sta lottando, devi farlo anche tu. Prima o poi dovrai affrontare la realtà, amico.»

Prima o poi.

«Buongiorno Greyson!» esclama il dottore entrando come se lo avessi invitato.

Presumo sia quello che si è occupato di me in questi giorni. Mi sembra di aver dormito per mesi.

«Sono il dottor Carson, ti ho operato io. E sempre io ho fatto ripartire il tuo cuore per ben due volte.»

Bastardo. Blake sogghigna dietro le sue spalle, sa benissimo che lo sto insultando col pensiero.

«Vi lascio soli» dice uscendo dalla stanza.

Mi ha mollato con il dottore, traditore.

Il medico mi spiega nel dettaglio l'operazione e si sofferma sui tempi di guarigione. Crede che mi importi di aver rovinato i tatuaggi sui polsi? Posso rimediare a questo. Le cicatrici guariranno, quelle che ho dentro nessuno può guarirle. Ho cercato di farla finita per buoni motivi e se la donna che amo non fosse intervenuta, se mi avesse lasciato andare, non sarei qui a parlarne. Non sarei qui a giustificare il mio dolore a un dottore che non ha idea di cosa io abbia passato negli ultimi anni.

«Tutto chiaro?»

Annuisco. Sono stanco e incazzato.

«Domani sarai trasferito al centro di riabilitazione.»

Che tradotto significa: reparto psichiatrico.

«Il risultato finale sarai solo tu a deciderlo, naturalmente. Se posso darti un consiglio, aggrappati alla vita, Greyson, e non mollare la presa. Ne vale la pena.»

Davvero? Io non la penso così. Fisso il muro davanti a me, mentre cerca un contatto visivo che non sono disposto a concedergli.

«Andrà tutto bene, se tu lo vorrai» aggiunge. Quando raggiunge la porta, si volta. «I tuoi genitori vorrebbero parlarti. Li ho già informati sulla situazione, ma se non vuoi incontrarli dirò loro che hai bisogno di riposo.»

Aspetta una risposta. Vorrei urlargli di andare a farsi fottere e magari portarsi dietro anche i miei genitori, ma il mio lato masochista mi costringe ad aprire la bocca per vedere come andrà a finire.

«Può farli entrare» dico senza alcuna flessione nella voce.

Non sono pronto ma, cazzo, forse riuscirò a divertirmi nell'infliggere loro un po' del mio dolore. Mio padre entra per primo, seguito da quella che dovrebbe essere mia madre. È ancora bella, nonostante le rughe profonde che segnano il viso stanco. I capelli biondi legati con disattenzione. È il fantasma di quella che una volta consideravo la donna più bella del mondo. Si avvicina lentamente, come se temesse un mio attacco. Come se fossi una minaccia.

«Grey.»

Sentire il dolore nella sua voce mi provoca un piacere macabro. È giusto che soffra perché mi ha abbandonato senza pensare alle conseguenze.

«Smettila di piangere, è fastidioso.»

Sussulta per le mie parole velenose e non mi pento. Mio padre rimane a distanza di sicurezza cercando di mantenere la calma, è terrorizzato. Lo vedo nei suoi occhi.

«Come hai potuto farlo di nuovo? Farci sprofondare di nuovo nel terrore di perderti.»

Perdermi? Non si può perdere qualcosa che non si possiede.

«Mi dispiace» sussurra tra le lacrime.

«Un po' tardi per dispiacersi, non credi?»

«Ti prego. Siamo qui per aiutarti. Questa volta non ti lasceremo solo. Devi capire che eravamo distrutti dopo la morte di Andy e tu non volevi collaborare. Siamo stati costretti ad agire in fretta, per il tuo bene. Non eravamo in grado di gestirti. Non potevamo più…»

«Basta!»

Nonostante il bruciore ai polsi, strappo via le bende.

«Che stai facendo?»

Mio padre scatta in avanti per fermarmi. Non mi fermo. Sono qui per aiutarmi? Bene, prima devono vedere il mio dolore. Quello che sento da tutta la vita. Mia madre urla disperata quando vede i punti di sutura, la pelle gonfia e livida. Lui spalanca gli occhi, l'autocontrollo non esiste più. Adesso è solo un uomo distrutto davanti all'evidenza. Quella che non ha mai voluto vedere.

«Ecco, questo è il mio dolore. Questo è il mio senso di colpa.» Alzo le braccia, avvicino i polsi davanti ai loro occhi atterriti. «Questo è perché sono responsabile della morte di mio fratello. Questo è perché non sono degno di respirare ancora.»

«Cristo santo! Siamo qui per te» urla mio padre, disperato. Non l'ho mai visto così fragile, impaurito e inerme.

«Non voglio il vostro aiuto, non serve più. È troppo radicato in me, non lo capite? Quella notte non avete perso un figlio, ma due. Non volevo esitare, questa volta. Volevo farlo davvero per liberarmi da tutto questo.»

Lei mi prende i polsi, tremando. Cerca di curare le ferite con la forza del pensiero. Le copre con le bende.

«No!» urla cercando di rifare la medicazione.

Mio padre la stringe a sé, la guarda come se fosse ancora sua moglie. Come se avesse bisogno di aggrapparsi a lei per non crollare.

Li lascio fare e non so perché. Il bruciore è forte, eppure non le impedisco di coprire la vergogna. La mia debolezza.

«Ho perso un figlio, non lascerò che succeda di nuovo. Non mi lascerò annientare dal rimorso o dalla rabbia. Non questa volta.»

Mi guarda negli occhi, so a cosa sta pensando. Quelli di Andy erano uguali ai miei.

«Non importa quanto proverai ad allontanarci, non ci muoveremo di un centimetro. Se tu sei qui è anche colpa nostra. Ma le cose cambieranno, figliolo.»

Io non voglio che cambino. Voglio solo che mi lascino solo con il mio dolore. Mia madre mi abbraccia, non ricambio. Resto immobile. Hanno bisogno di questo contatto, io no.

«Andrà tutto bene, te lo prometto.»

Mio padre singhiozza, mi dà un bacio sulla fronte. Non ricordo l'ultima volta che l'ha fatto.

A loro basta così poco per scendere a patti con il senso di colpa. Li invidio.

Il dottor Carson entra, si ferma in disparte guardando il quadretto familiare di merda.

«Signori, non vorrei disturbare, ma è il momento di andare. Il paziente ha bisogno di riposo.»

Si staccano lentamente, riluttanti. Papà stringe l'amore della sua vita ancora, come se non volesse lasciarla andare. Conosco la sensazione. Ho guardato Amelia allo stesso modo, prima di tagliarmi le vene. Anche in quel momento non volevo allontanarmi da lei.

«Ti vogliamo bene, Grey.»

Non rispondo, mi limito a guardarli mentre escono dalla stanza, da questo incontro che li ha storditi nell'anima.

Carson nota le bende aggrovigliate. Tira fuori dall'armadietto un rotolo nuovo e sistema la medicazione senza fare domande. Prima di andare controlla il monitor e annota qualcosa sulla cartelletta appesa al bordo del letto.

«Noi genitori cerchiamo di fare del nostro meglio. A volte andiamo alla grande, altre falliamo. Ma anche noi meritiamo un'altra occasione. Lasciali provare, Greyson.»

Esce lasciandomi solo e dolorante.

Vorrebbero un'altra occasione? Anch'io la vorrei perché non voglio più respirare. Non voglio pensare. Non voglio sentire il dolore né la mancanza.

Sono cose che ti annientano, minuto dopo minuto fino a quando diventi un guscio vuoto senz'anima. È così che mi sento.

Amelia

Non sappiamo quanto dipendiamo da una persona, fino a quando non dobbiamo fare i conti con la sua mancanza.

Tre giorni fa è stato trasferito nella struttura psichiatrica e non sono ancora riuscita a vederlo. Blake dice che il medico ha richiesto l'isolamento. Ciò significa che Grey non può ricevere visite né usare il telefono. La chiamano terapia d'urto, non sono d'accordo. La famiglia, gli affetti, possono fare la differenza. Io voglio aiutarlo, stargli accanto, combattere per e con lui. Mi manca da impazzire e non poterlo vedere né sentire mi ferisce. Mi

sento soffocare. Mi sento inutile. Clara non si è ancora svegliata e penso a quando lo farà. Come le diremo cosa è successo? Come affronterà un colpo del genere? Al momento non ho le forze per gestire anche questo. Il letto è come lo abbiamo lasciato. La macchia di sangue enorme che mi ricorda ogni istante vissuto quel giorno. Come ho fatto a non capire il suo disagio? Quanti segnali mi ha lanciato che non ho saputo cogliere? È stata colpa mia? Ho finto di non vedere? Mi rifiuto di credere che aveva programmato tutto, preferisco pensare che sia stato un colpo di testa. Qualcosa che è arrivato senza preavviso e che gli ha fatto perdere il controllo. Non è una consolazione, però mi permette di non cadere a pezzi.
Tolgo le lenzuola cercando di reprimere le lacrime. Nessuno è più entrato in questa stanza da quel giorno. Almeno posso rendermi utile ed evitare a Isabelle questa incombenza. È già abbastanza preoccupata. Chiudo il sacco nero con quello che rimane di quel gesto così disperato. Anche il materasso è macchiato. Chiederò a Blake di aiutarmi a sbarazzarcene. Fosse per me, butterei anche il letto.
«Non dovresti essere qui.»
«Non ho scelta, Blake.»
«Ho chiamato la ditta delle pulizie, sono qui fuori. Non hai bisogno di farti questo.»

Mi fa indietreggiare abbracciandomi da dietro. Un passo, due passi, mentre gli occhi sono ancora incollati alla macchia di sangue. La prova del dolore, della terribile realtà che non ho voluto vedere.

«Andrà tutto bene. Ha solo bisogno di tempo» dice asciugandomi le lacrime. Un gesto dolce che apprezzo.

«Non vedo l'ora di vederlo, mi manca da impazzire.»

«Lo so, tesoro, non è ancora pronto. È spaventato e non è nella sua solita forma. Stamattina era pallido e stanco, ma credo che…»

La mia espressione interrogativa lo blocca.

«L'hai visto? Cioè, ti hanno permesso di fargli visita?»

Cerca le parole, o meglio, sta cercando di inventare una bugia. Glielo leggo in faccia. È nervoso.

«Amelia, non è semplice. L'ho visto solo per dieci minuti.»

«Anch'io voglio vederlo, anche solo per un minuto. Ma che cazzo, Blake!»

«Non puoi, non adesso.»

«Perché?»

«Non vuole vederti, non è pronto per affrontarti. Non chiedermi perché.»

Mi sento tradita, ferita nell'orgoglio. Affrontarmi? Come se io fossi un problema? Non perdo tempo a chiedergli altre spiegazioni, perché non potrebbe darmele. Lo supero ed esco. Mi corre dietro sperando di fermarmi, non succederà. Raggiungo la macchina, avvio il motore mentre mi implora di ascoltarlo. Lo ignoro e parto. La paura di scoprire la verità mi obbliga a premere sull'acceleratore.

Quando arrivo a destinazione, cerco di calmarmi. Sono così nervosa che mi tremano le mani quando chiedo informazioni alla receptionist. Mi dice che non è orario di visita. In questo posto le regole sono ferree, ma non mi importa. La signora, che mi guarda come se fossi matta, chiede il mio nome e controlla l'elenco che ha davanti.

«Signorina Stone, il suo nome non è tra le persone che il paziente ha inserito nella lista.»

Non è possibile.

«Posso parlare con lui, solo un minuto?» chiedo disperata.

Ormai non ho più il controllo delle mie emozioni.

«Mi dispiace, non posso farla passare.»

Mi guarda con compassione. Al diavolo, non la voglio. Cerco di farmi venire in mente qualcosa, guardandomi intorno. Deve esserci un modo per vederlo. La sala comune è enorme, piena di tavoli, poltrone e sedie. Ci sono poche persone all'interno. Alcuni infermieri stanno fermi ai lati della sala. Una ragazza bisbiglia come se qualcuno potesse sentire ciò che dice, ma intorno a lei non c'è nessuno. Lo sguardo smarrito, spaventato. Lo stomaco si contorce al pensiero di cosa stia passando la poveretta. È così giovane.

C'è tanta sofferenza qui, persone che combattono contro loro stesse, e sapere che Grey è uno di loro mi spezza il cuore.

Torno dalla signora determinata più che mai. Non me ne andrò fino a quando non vedrò che sta bene.

«Capisco che…»

«No, lei non capisce! Ho bisogno di vederlo, adesso!»

«Posso aiutarla?»

L'uomo dietro di me sorride come se potesse davvero aiutarmi.

«Dottore, la signorina vorrebbe vedere il signor King, anche se non è sulla lista» riassume con occhi a fessura, sbuffando.

«Oh, vuole vedere il nostro ospite d'onore!»

Annuisco stordita. È giovane, non indossa il camice. La camicia è un caleidoscopio di colori, per niente sobria. I jeans consumati e gli anfibi completano il quadro. Per un momento ho pensato che fosse un paziente. Solo il tesserino appuntato sulla camicia rivela il suo ruolo.

«Sono il dottor Stark, piacere di conoscerla.»

«Amelia Stone.»

Mi stringe la mano con trasporto. Mi guarda come se potesse entrare nei miei pensieri, dopo si aggiusta gli occhiali sul naso.

«Come le ha detto la nostra Janis, lei non è sulla lista. In più non è orario di visita.»

Annuisco, non posso dargli torto. Sono piombata qui senza nessun diritto. Un diritto che l'uomo che amo mi ha tolto.

«La prego.»

Sono disperata.

«Stamattina ha urlato contro l'infermiera perché non voleva assumere i farmaci. Nonostante la spossatezza, non ha perso mordente. Quell'uomo ha una forza incredibile, quindi posso assicurarle che sta benone.»

Sembra impressionato, so di quale forza parla. Mi indica di seguirlo all'esterno, nel giardino molto curato che circonda l'edificio. È una clinica privata e non c'è niente fuori posto. Anche le panchine di marmo sono lucidissime e accoglienti.

«Facciamo una passeggiata e godiamoci i raggi del sole.»

Sono troppo stanca per oppormi.

«Seguo il signor King, sono il suo medico. Posso capire come si è sentita quando ha scoperto di non essere sulla lista. Si è chiesta il perché?»

Vigliaccamente, no.

«In questo momento è fortemente instabile, ma quando ha stilato la lista dei nomi era lucido. C'è un motivo se non vuole vederla, e le chiedo di rispettare il suo volere.»

Le gambe cominciano a tremare. Stark mi aiuta a sedermi. Il marmo freddo a contatto con la pelle mi dà i brividi. È una giornata calda, c'è il sole, io sento un freddo incredibile dentro. Il mio cuore è congelato. Come siamo arrivati a questo? Com'è possibile che non abbia bisogno di me?

«Penso a lui continuamente. Perché per lui non è lo stesso? Forse è solo spaventato dalla mia reazione. Pensa che sono arrabbiata o delusa?»

«È sicuramente spaventato e arrabbiato.»

Mi guarda comprensivo e non mi importa di apparire patetica.

«Non possiamo affrettare le cose. La situazione è complicata, le assicuro che farò tutto il possibile per arbitrare il match.»

«Cosa?»

«L'incontro che determinerà il futuro della sua vita. Il match più importante. Quando sarà pronto a combattere contro sé stesso, avrà bisogno di tutto l'aiuto possibile. Signorina, lei è parte integrante di questa sfida, ma adesso non può aiutarlo. Non ancora.»

Una parte del mio cervello si rifiuta di credergli. Dovrei farmi da parte?

«Sono sicura che se mi vedesse si sentirebbe meglio» insisto.

«Mi creda, il contatto visivo è una pessima idea perché non vedrebbe la donna che ama, bensì la persona che gli ha impedito di rimanere nel buio. In questo momento, l'odio è l'unico sentimento che susciterebbe in lui.»
Il cuore può spezzarsi più di così? Non lo so, perché adesso non lo sento più battere. Ho salvato Grey dal buio, adesso ci sono io dentro. Prima di andarmene, un'ultima richiesta. L'unica che mi concederà.
«Posso chiederle un favore?»
«Certo.»
«Gli dica che continuerò a giocare perché ho fatto una promessa e intendo mantenerla.»
«Non so di cosa stia parlando, ma sono sicuro che lo farà.»
Annuisce mentre ritrovo l'equilibrio. Indica una finestra al secondo piano.
«Le prometto che farò in modo che lui non abbandoni il gioco.»
La finestra è aperta, con la mente gli chiedo di affacciarsi. Non succede nulla, anche se prego di vederlo. Stark mi lascia sola augurandomi di essere coraggiosa. Lo sarò, per noi.

Capitolo 22

Greyson

«Buongiorno, raggio di sole! Dalla regia mi dicono che ti sei rifiutato di prendere la pillola magica.»
Pensavo che avrei avuto a che fare con uno psichiatra, invece mi ritrovo davanti Patch Adams, con una camicia ridicola. Rimango seduto a gambe incrociate senza degnarlo di uno sguardo. La sua presenza mi innervosisce parecchio.
«Hai una camera fantastica, degna di un vip.»
Non c'è molto qui dentro. Per esempio manca il mio computer, il telefono, l'album da disegno e le matite. Non

mi è permesso tenere questi oggetti potenzialmente pericolosi. Pensano che proverei a suicidarmi ficcandomi una matita nella giugulare, potrei farlo in effetti.

«Allora?»

Mi fissa con gli occhietti vispi, come se non avesse un problema al mondo.

«Ti senti bene?»

Annuisco e basta.

«Secondo la mia esperienza, chi cerca di suicidarsi non sta bene.»

Sa che mi infastidisce, eppure continua. Come se volesse una mia reazione, una qualunque. Mi trovo in questa stanza, con la barba incolta e le bende ai polsi. Non ho bisogno anche della sua presenza per rendermi conto che sono un fallito del cazzo. Mi piacerebbe schiantare la mia mano sulla sua faccia e subito dopo incolpare la mia patologia.

Si siede accanto a me, senza permesso.

«Vuoi sapere che cosa penso?»

Non me ne frega un cazzo di cosa pensa. Non sono obbligato a stare qui, ma è meglio che tornare a casa, affrontare Amelia e ripiombare nell'abisso. Deve stare lontana da me.

«Non concentrarti sui pensieri negativi. Rifiutare la terapia farmacologica e il mio intervento non ti porterà da nessuna parte, e lo sai.»

«Tu non hai idea di cosa provo!»

«Più di quanto pensi, in realtà.»

Per un attimo sembra perso nei suoi pensieri.

«Ti senti invincibile, un attimo dopo pensi di essere una malattia incurabile che si diffonde nell'anima di chi ti sta accanto. L'attimo dopo ancora, hai paura di combattere. E pensi che nessuno potrà mai capirti.»

Se voleva confondermi, ci è riuscito.

«So che il tuo migliore amico gestisce tutto quello che hai mollato, senza lamentarsi. So che la tua ragazza viene qui ogni giorno sperando di vederti. E so che sei spaventato. Se loro ti amano tanto da non abbandonarti, vuol dire che c'è qualcosa di buono in te.»

Non voglio ascoltare.

«Qualcosa che per loro è indispensabile. Tocca a te capire cosa sia.»

So cosa sta cercando di fare e non funzionerà. Non voglio parlare di Blake, di Amelia, di mia nonna, di chiunque mi ami. Non voglio.

«Non posso!» urlo stringendo i pugni. Potrei saltargli addosso e sa che lo farei. Mi guarda come se vedesse qualcosa in me, quello che nascondo da sempre.

«Non puoi o non vuoi? C'è differenza tra le due cose.»

«Non puoi capire» ripeto.

Fisso il pavimento, comunicare ciò che sento è difficile. Sono così stanco.

«Permettimi di aiutarti, Greyson.»

Mi sta chiedendo il permesso per psicanalizzarmi e ficcarmi farmaci in gola senza il mio consenso?

«Se non prenderai a calci i tuoi demoni, loro prenderanno a calci te. E farà un gran male, te lo assicuro.»

Non è come i dottori che ho conosciuto in passato. Non prende appunti. Non segue una lista di domande generiche lette sui manuali. Non mi guarda dall'alto in basso come se potesse giudicarmi. Una parte di me vuole credere che possa aiutarmi sul serio, l'altra parte, quella danneggiata, non gli darà l'opportunità di farlo. In questo momento vorrei solo disegnare e dare libero sfogo alle idee. Ho dormito fin troppo.

«Per oggi basta così, ti ho irritato abbastanza e ti ho dato un paio di spunti su cui riflettere. Se hai bisogno di qualcosa, puoi usare il telefono che ti collegherà alla segreteria.»

Si alza, mentre continuo a pensare a quello che ha detto.

«Non sono qui per darti una pacca sulla schiena e dirti che andrà tutto bene. Sono qui per starti accanto mentre lotti contro te stesso.»

Guarda fuori dalla finestra.

«È davvero una bellissima donna.»

All'improvviso mi manca il respiro e lui se ne accorge.

«Lei non è il nemico, Greyson.»

Lo è, invece. È colpa sua. Doveva finire tutto e invece sono bloccato qui a sentire stronzate su un futuro che non arriverà.

«Sono curioso di vedere quanto resisterà.»

Non voglio che resista. Deve stare lontana da me, dalla mia testa incasinata. Mi alzo, faccio un passo. Sapere che è qui mi tormenta. Il mio cuore vorrebbe che mi avvicinassi di più alla finestra. La mia mente si rifiuta. Non voglio vederla, mi manca troppo. La odio troppo. La amo immensamente.

«Non è solo bella, è anche determinata a salvarti e amarti con tutta sé stessa. Non deve essere semplice gestire tanta perfezione.»

«Vai a farti fottere.»

«Sì, credo che lo farò. Mia moglie mi aspetta per cena.»

Ho voglia di prendere quella camicia colorata del cazzo e farla a pezzi. Questo è il suo modo di aiutarmi? Facendomi incazzare? Dio, ma chi gli ha dato la laurea? Non voglio più parlare. Torno a letto, mi stendo e mi copro con il lenzuolo. Non voglio vedere e sentire più niente. Ha ragione, rinunciare è più facile.

«Ti ama?»

«Sì!» rispondo senza accorgermene. La rapidità della mia risposta mi lascia perplesso. Non ho dovuto pensarci, lo so.

«Allora credo che per lei valga la pena affrontare i tuoi demoni.»

Non voglio che lei combatta. Alza il lenzuolo che mi copre la faccia e mi fissa con il solito ghigno.

«A volte l'unico modo possibile per guarire è trovare l'equilibrio tra ragione e follia. Mia moglie è il mio equilibrio. Lascia che Amelia sia il tuo.»

Impreco mentre sento la porta che si chiude. Perché gli ho parlato? Perché gli ho permesso di entrare nella mia testa? Mi ha colto di sorpresa e ammetterlo mi fa incazzare ancora di più. Può pensare di entrare nel mio buio, ma l'oscurità mi avvolgerà di nuovo. Ne sono certo. Come avvolgerà Amelia, senza via d'uscita. Non sarà forte abbastanza e io non potrò aiutarla. Il silenzio è intorno a me. Un fascio di luce illumina la stanza. Peccato che non possa illuminare anche me. La mia luce è qui, a pochi metri, aspetta un segnale da parte mia che non arriverà. Non adesso. Ho paura di cosa farei se si avvicinasse troppo e non posso rischiare. Un misto di odio e amore mi affligge. Costringe le lacrime a scendere. Non smetterò mai di soffrire per la morte di Andy, così come non smetterò di soffrire per l'amore di Amelia, perché non smetterò mai di amarli. È così. Il dolore e l'amore vivono intrecciati dentro di me. Non esistono uno senza l'altro, questo è l'unico equilibrio che capisco.

Capitolo 23

Amelia

La domenica è dedicata ai miei genitori, da sempre. Anche quando ho raggiunto l'indipendenza economica e ho accettato il lavoro alla clinica. Dovrei sentirmi in colpa per aver disertato la settimana scorsa, sfido chiunque nella mia situazione a poter gestire le cose come prima che un tornado si abbattesse sulla mia vita e contro il mio cuore. Emily si è offerta di accompagnarmi. Le sono grata per il supporto morale. Se non fosse per lei, mi sarei chiusa in casa ad aspettare un miracolo. Sono distrutta, emotivamente e fisicamente. Da quando siamo arrivate a casa dei miei genitori, mia madre mi guarda sospettosa. Le avevo già accennato che sto frequentando qualcuno. Oggi non so se potrei confermarlo, visto che non lo vedo da dieci lunghissimi giorni. Nonostante i segnali, quelli che Greyson mi lancia giornalmente, mi rifiuto di cedere. Non vuole vedermi né parlarmi, ma non mollo. Sarebbe una catastrofe. Fino a quando avrò la forza, continuerò ad andare alla clinica. Ogni volta è più dura della precedente. Fissare quella dannata finestra è diventato lo scopo della mia vita.

«Ehi, piccola.»

Mio padre si siede sul dondolo accanto a me. Se al suo posto ci fosse stata mia madre, mi sarei irrigidita. Io e lui abbiamo un rapporto fatto di muta complicità. Non mi costringe a raccontare i fatti miei. È comprensivo, senza essere invadente. Abbiamo finito di pranzare e adesso siamo fuori in giardino, sotto la tettoia. Il profumo della pioggia mi ricorda che qualcuno, lontano da qui, vorrebbe prendere la moto per fare acrobazie sulla spiaggia. Appoggio la testa sul suo petto, ne ho bisogno.

«Ho lasciato Emily in cucina con mamma. Si è offerta volontaria per farsi torturare.»

Sorrido, nonostante non ne abbia motivo.

«Come sta la nonna dell'uomo che non ho ancora conosciuto?»

«Adesso sta bene.»

Clara è uscita dal coma tre giorni fa, ero lì quando ha aperto gli occhi. Isabelle per poco non sveniva. Eravamo sedute accanto al letto e all'improvviso ha parlato. Ha detto il nome del nipote, guardandosi intorno. Non sapevamo cosa dire per non farla agitare. Il dottore ci aveva proibito di raccontarle cosa è successo. Così abbiamo fatto fino a quando si è arrabbiata perché nessuno le diceva la verità. In presenza del medico, che sarebbe potuto intervenire a qualsiasi reazione, Isabelle ha vuotato il sacco. Non so dire quanto ho sofferto vedendo i suoi occhi pieni di terrore. Non ha detto una parola per un'ora. Dopo, con una determinazione spaventosa, ha chiesto di vederlo. Sono rimasta volutamente fuori dall'inquadratura mentre parlava con lui. Non volevo che mi vedesse, perché avrebbe visto una larva piagnucolante. Io ho visto il suo viso. Gli occhi adoranti per la nonna. La voce calda e amorevole mentre le diceva che non vedeva l'ora di poterla abbracciare. A un certo punto non ho resistito e sono andata via. Era troppo doloroso. Vederlo è stato come ricevere un pugno nello stomaco.

«E lui?»

Non riesco a guardarlo negli occhi perché sto per dirgli una bugia, quella che mi racconto ogni giorno.

«Sta bene e, per la cronaca, non te l'ho ancora presentato perché è molto impegnato.»

«Fai sul serio, allora. Tua madre non vede l'ora di conoscere l'uomo che finalmente ti ha rubato il cuore.»

Me l'ha distrutto, il cuore.

«Fortunatamente io non sono come lei e capisco quando la mia bambina mi nasconde qualcosa. Non voglio spingerti a parlarne, se non vuoi. Ma sappi che sono qui.»

Ringrazio il cielo di avere un padre meraviglioso come lui. Gli circondo l'addome gonfio con il braccio. È morbido e caldo, confortante.

«Tesoro, sento che non stai bene. Qualunque sia il problema, so che farai di tutto per risolverlo.»

«Non so se avrò la forza, papà.»

Non voglio piangere. Non devo, davanti a lui.

«Se ti sei innamorata, allora è un uomo con tanti pregi. Mia figlia non si innamorerebbe del primo stronzo che passa.»

Mi alza il mento con un dito. Fissa i miei occhi come per leggermi dentro.

«Mi sono innamorato di tua madre quando eravamo solo ragazzini, ma sapevo già di aver fatto centro. È una donna con tanta pregi e tanti difetti. E proprio questi ultimi mi hanno fatto innamorare di lei. I pregi servono ma possono diventare noiosi negli anni. I difetti invece ci rendono unici. E lei è unica per me.»

Le lacrime che ho cercato di trattenere si riversano sul mio viso. Mi ritrovo a raccontargli tutto, ogni cosa. Mi ascolta in silenzio, non si perde una parola. Un fiume di dolore, confusione, errori che ho commesso e l'impotenza che mi dilania l'anima.

«Tua madre sarebbe impazzita a metà della storia.»

Non ho dubbi. Non avrebbe retto a queste informazioni, tutte in una volta. Ecco perché mi sono limitata a dirle il minimo indispensabile.

«Hai provato a parlargli?»

«Non vuole parlarmi, papà. Non posso neanche vederlo perché non ha inserito il mio nome nella lista delle persone che possono fargli visita.»

Ricordarlo mi crea un brivido. Fatico ancora a crederci.

«Gli ho scritto tante lettere. Blake, il suo amico, gliele consegna, ma non ha mai risposto a nessuna.»

Ammetterlo mi fa male.

«Avrà i suoi motivi se non vuole vederti. Forse ha bisogno di tempo per affrontare la situazione. Insomma, non è una cosa semplice. A quanto ho capito è davvero incasinato.»

Sì, e io sono parte dell'incasinamento.

«Credi che lo rifarebbe?»

Scuoto la testa perché davvero non so se riproverebbe a uccidersi.

«Non so cosa fare, papà» ammetto sconfitta.

Mi stringe a sé per confortarmi, non basterà.

«Guardare una finestra, ogni giorno, di certo non risolverà le cose. Hai fatto tutto il possibile per lui?»
«Sì, e ho fallito.»
«Dovresti parlargli in un linguaggio che può capire.»
Non lo seguo.
«Hai detto che inventa giochi e storie, forse potresti inventarti qualcosa per fargli capire quanto ci tieni. Non so se capisci cosa voglio dire.»
Non proprio, ma annuisco.
«Non posso sopportare di non vederlo. Di non parlargli. Mi fa male, papà.»
«E allora riprova finché ti darà ascolto. La ragazza che ho cresciuto non si ferma davanti agli ostacoli. Smetti di guardare quella dannata finestra. Urla, se devi. È una struttura psichiatrica, nessuno farà caso alla tua follia.»
Riesce a farmi sorridere, anche in momenti come questi.
«Lì sono matti, quindi puoi mimetizzarti.»
«È questo, il tuo consiglio?» chiedo esterrefatta.
Non posso credere che mi abbia appena suggerito di dare spettacolo. Lui non sopporta l'esibizionismo. Se servisse ad attirare la sua attenzione, sì che lo farei. Anche rischiando di farmi sbattere fuori.
«Hai solo due possibilità, per come la vedo io. Puoi arrenderti e andare avanti per la tua strada, archiviando questa storia come un'esperienza intensa. Oppure, puoi andare da lui e far valere i tuoi sentimenti. Se non vorrà

ascoltarti, amen, almeno ci hai provato. Perché, diciamolo, fino adesso la paura ti ha impedito di tirare fuori il coraggio.»

Non posso che annuire tra le lacrime.

«Ti voglio bene, papà.»

«Anch'io, piccola mia. Adesso smetti di piangere altrimenti dovremo inventarci un sacco di bugie. Tua madre verrà a ficcare il naso tra pochi minuti.»

Mi asciuga le lacrime, sorridendo. Il viso tondo e chiazzato di rosso. È dolcissimo.

«Se lo ami, combatti per lui.»

«Lo farò» prometto.

Parlare con mio padre, l'uomo che mi ama da tutta la vita e che non mi tradirà mai, ha fatto nascere una nuova speranza in me. Qualcosa che mi darà la forza di reagire, perché devo fare qualcosa. E farò qualunque cosa per far sì che Greyson mi ascolti.

Capitolo 24

Greyson

È passata una settimana da quando ho iniziato la terapia farmacologia. Quel pazzo di Stark mi ha convinto dicendo che questi farmaci sono diversi da quelli che prendevo. Controllano l'umore, senza inibire la creatività. Mi costa ammettere che ha ragione. Ho chiesto di avere il mio album da disegno e una matita. Blake mi ha portato l'occorrente. Quando ho sentito la punta accarezzare il foglio immacolato, sono stato investito da un vortice di emozioni. Alcune sono riuscito a controllarle e non lo credevo possibile. Non mi è permesso disegnare senza supervisione. Ben, l'infermiere che si occupa di me, è rimasto piacevolmente colpito dai disegni. Ci ha tenuto a farmi sapere che la guerriera è molto sexy. Sono d'accordo.

Lei è sempre nei miei pensieri, non riesco a impedirlo. Penso a lei continuamente, a volte con odio, altre con rancore. Il sentimento predominante è sempre lì, l'amore che non so come ancora mi lega a lei. Sto imparando che il tempo trascorso qui è diverso. Alcuni giorni sembrano non finire mai, altri passano velocemente. Vedere mia nonna, anche attraverso uno schermo, mi aiuta molto. Quel viso dolce e gli occhi pieni di affetto sono la mia forza. Le ho promesso di impegnarmi per tornare a casa il prima possibile, ho tutte le intenzioni di farlo. Zia Isabelle non la lascia sola un secondo. Vorrei tanto abbracciarla, ma non succederà fino a quando non riavrò il controllo di me stesso. Sento che qualcosa sta già cambiando. Stark mi infastidisce ancora, anche se è leggermente diverso. Adesso ascolto le sue cazzate e devo riconoscere che alcune hanno senso. In qualche modo, sento che la speranza non è così lontana, anche se gli attacchi di rabbia e l'apatia ci sono ancora.

A quanto pare, una delle cause del mio gesto è la mancanza dell'elaborazione del lutto. Stark ha voluto affrontare l'argomento, non ero pronto, ma in qualche modo sono riuscito a combattere contro il senso di colpa.

E per la prima volta ho pianto la morte di mio fratello. È stato doloroso, terrificante, ho pianto così tanto da addormentarmi. Ci sono ancora tante cose da affrontare, un giorno alla volta. Un pensiero alla volta. Un'emozione alla volta.

«Prima che tu vada via devi farmi un favore.»

Disegnare in giardino è piacevole, non lo è altrettanto avere Stark accanto. La mia tolleranza è aumentata in questi giorni, tuttavia cerca sempre di tirare la corda.

«Voglio un autografo, sono un tuo grande fan. Non te l'ho detto prima perché non sarebbe stato professionale.»

«Sei serio? Tu non hai niente di professionale.»

Finisco i contorni sul viso della mia guerriera. Stark la guarda affascinato.

«Io sono professionale» si difende fingendosi offeso.

Già, è molto credibile con quella camicia gialla bizzarra. È sempre così colorato. Davvero fastidioso.

«Rispondi sinceramente. Se ti avessi trattato come hanno fatto i miei colleghi prima di me, ti saresti fidato?»

«No.»

«Ecco, quindi diciamo che sono bravo in quello che faccio.»

«Hai mai sentito parlare di umiltà?»

Sorrido perché mi guarda con gli occhi a fessura. A volte diventa un gigantesco clown.

«Senti chi parla, mister King! Il tuo ego è gigantesco.»

Era, sto lavorando anche su questo.

«Allora, mi farai l'autografo?»

Annuisco continuando a tracciare linee perfette. Mi toglie la matita dalla mano.

«Sono fiero di te, Greyson. Hai fatto passi da gigante in poco tempo e andrà sempre meglio. Ti dirò la verità, non pensavo di riuscirci con te. Il muro che avevi costruito sembrava una fortezza invalicabile, e adesso eccoci qui a chiacchierare come amici di infanzia.»

«Non esagerare, Stark. Sto solo cercando di essere educato. Sento ancora il bisogno di strappare le tue orrende camicie.»

«Si chiama stile, ragazzo mio.»

«Certo, come no.»

Continuiamo a parlare, come se fossimo davvero amici. In realtà è un tipo di terapia diverso. Lui parla più di me, questo non è cambiato, ma gli sto dietro parlando anch'io a piccole dosi. Blake dovrebbe arrivare a momenti e ho promesso di entrare nella sala comune. Non ci sono ancora stato perché mi spaventa stare in mezzo ai matti. Stark mi ha ricordato che quelle persone non sono diverse da me. Ha ragione, quindi ci proverò.

«Viene qui ogni giorno.»

Non mi piace il tono serio che ha sostituito quello fastidiosamente ironico.

«Hai letto l'ultima lettera che ti ha portato Blake?»

«L'ho strappata, come le precedenti.»

«Perché?»

«Perché non sono ancora pronto.»

«Se non ci provi, non sarai mai pronto.»

È tornato in modalità strizzacervelli rompipalle.

«Grey.»

Stringo il foglio tra le mani, stringo sempre di più. Sono incazzato adesso. Sa che non voglio parlarne. È l'unica situazione che ho davvero paura di affrontare.

«Non lasciarti guidare dalla paura, dal rancore o dal senso di colpa. Se viene qui ogni giorno, significa che ama tutto di te. Pregi e difetti. Non è facile per lei affrontare tutto questo.»

«Lo so.»

Stringo fino a quando strappo il foglio.

«Di cosa hai paura?»

«Di non provare niente.»

Come è già successo. Non provare niente per la persona che ami è terrificante.

«E se invece provassi tutto? Devi solo imparare a gestire le emozioni, una alla volta.»

«Non...»

«Segui l'istinto.»

«È grazie all'istinto se sono qui.»

«Adesso è diverso. Credi che ti abbia prescritto caramelle? I farmaci che assumi stanno già facendo effetto e se ho ragione lo scopriremo molto presto.»

Non ho idea di cosa abbia in mente. Sorride come un idiota guardando al di là della quercia. Seguo lo sguardo e all'improvviso smetto di respirare.

«Sono qui, Grey. Non ti mollo, ragazzo. È arrivato il momento di combattere sul serio.»

La sua voce mi arriva come ovattata mentre brividi di terrore mi scuotono dalla testa ai piedi. È qui, tutto il mio mondo è qui.

Amelia

Non so esattamente cosa diavolo mi passi per la testa quando lo vedo insieme al dottor Stark. Ho solo accettato il consiglio di mio padre.
Se lo ami, combatti per lui.
È quello che voglio fare, ne sono sicura. Ho pensato tanto a questo momento. A quando avrei rivisto i suoi occhi, quelli che amo da impazzire. Queste settimane in cui siamo stati lontani, i sentimenti avrebbero potuto affievolirsi, ma non è successo. Sono aumentati a dismisura. Il cuore martella nel petto a ogni passo. Le

gambe tremano, ma la determinazione mi spinge a proseguire. Blake è accanto a me, pronto a sorreggermi se dovessi cadere. Greyson mi rivolge uno sguardo così scoperto, nudo, che mi trasmette una scossa elettrica. Ho paura di rimanere fulminata sul posto. Temevo che qualcosa sarebbe cambiato tra noi. Adesso lo vedo. È un altro Grey, quello che ho davanti. Ha perso peso, la barba più lunga, i capelli cresciuti e biondissimi. Lo sguardo vigile e sospettoso, come se non capisse chi ha davanti. Come se fossi un'estranea che ha interrotto qualcosa. Come una minaccia da combattere. Il suo volto continua a trasformarsi, come se non riuscisse a decidere cosa esprimere.

Apro la bocca, lui trattiene il respiro.

«*You know I can't smile without you...*»

Canto con voce tremante. Spalanca gli occhi incredulo. Oh, ma deve credere a ciò che vede. Deve credere a ciò che sente, perché so che prova quello che provo io.

«*I can't smile without you*» continuo senza fermarmi. Anche se mi trema la voce, anche se il cuore sta per esplodere. Anche se mi sento svenire. Anche quando si alza e si avvicina fermandosi a un metro da me.

Tiene le mani nelle tasche dei jeans, i polsi coperti ancora dalle bende. Per un momento dimentico di respirare quando i suoi occhi si riempiono di lacrime. Scivolano sulle guance, inarrestabili. La speranza che possa gestire questo momento, mi obbliga a cantare ancora più forte, con più impegno, con più amore. E lo faccio, fino a quando crolla in ginocchio davanti a me. Singhiozza, le spalle tremano. Non posso fare altro che inginocchiarmi e piangere con lui. Vorrei abbracciarlo, stringerlo a me, sentire il suo calore. Non mi muovo, aspetto che sia lui a decidere cosa fare. Ho paura di prendere l'iniziativa perché non so come reagirebbe. Tutto il dolore scivola via da entrambi, in un silenzio che ci avvolge. Siamo dilaniati dai nostri sentimenti.

«Sei qui» sussurra, fissandomi come se mi vedesse per la prima volta.

«Sono qui e resto con te.»

Per un minuto infinito restiamo così, inginocchiati. E poi il suo petto si scontra con il mio quando mi stringe tra le sue braccia.

«Mi dispiace» sussurra tra le lacrime.

«Ti amo così tanto, Grey. Torna da me, ti prego.»

Avvicina una mano al mio viso, mi accarezza con il pollice. Spazza via le mie lacrime.

«Non piangere, non voglio che tu soffra.»

Non sto soffrendo, lo sto amando con tutta l'anima.

«Mi trovo in un posto che tu non conosci e non sono ancora pronto per mostrarti come raggiungerlo. Ma voglio combattere, non smetterò fino a quando non sarò l'uomo che meriti di avere accanto.»

«Oh, Grey. Lo sei già. Sei tutto ciò che voglio. Non ho mai smesso di pensarti, di volerti stare accanto, di assorbire il tuo dolore. Credevo che non mi avresti più permesso di giocare con te.»

È teso, si morde il labbro. Cosa sta per dirmi?

«Giocherò sempre con te, solo che ho bisogno di più tempo.»

Può bastarmi? Tutto quello che ha detto è andato ben oltre i miei sogni. Ci speravo, ma non avevo certezze.

«Tutto il tempo che vuoi» prometto.

Un lieve sorriso appare sul viso. Lotta tra la preoccupazione di ciò che gli concederò e l'eccitazione che sentiamo entrambi. Intreccia le dita alle mie, non cerca di baciarmi anche se mi fissa le labbra. Vorrebbe farlo, come lo vorrei io, ma questo rientra nel tempo che vuole prendersi. Non ho intenzione di fargli fretta, è già un miracolo essere qui con lui. Vicino a lui. È così bello, così nudo davanti a me. Vorrei fare e dire tante cose, ma lascio che siano gli occhi a parlare. Gli mostrano tutto ciò che provo e che non ho mai smesso di provare. È la mia vita.

Mi prende la mano, se la tiene contro le labbra, la bacia. È passato tanto di quel tempo dall'ultima volta che ci siamo toccati. Sorride ancora, anche se la vulnerabilità e il dolore che vedo nei suoi occhi mi straziano. È impossibile non guardare le bende ai polsi, non riesco a evitarlo. Non chiedo, lui sa a cosa sto pensando.

«La strada è ancora lunga, ma non voglio che succeda di nuovo. Voglio vivere, per te e con te.»

Avevo bisogno di sentirglielo dire.

«Perché non volevi vedermi?»

«Paura, rabbia, vergogna.»

Chiude gli occhi mentre cerca le parole giuste. Si sforza di mantenere la calma. È nervoso.

«Ero arrabbiato con te, con me stesso per averti fatto soffrire.»

«Grey, non potevo lasciarti andare. Tu avresti fatto lo stesso.»

«Lo so. Adesso lo capisco.»

Stark si avvicina con un sorriso inquietante. Non poteva aspettare ancora un po' per entrare in scena? Ho appena riavuto la mia vita, sotto forma di un uomo meraviglioso.

«Mi dispiace disturbarvi, ma è il momento di andare.»

Guarda Grey, che annuisce. Non sono pronta a lasciarlo andare, non lo sarò mai. E allora sento che non c'è più tempo e mi sento mancare la terra sotto i piedi.

«Posso tornare domani?» chiedo senza pensarci. Ho il terrore di sentire la risposta. Ho il terrore che mi chiuda fuori, che si allontani da me, di nuovo.

Mi attira a sé posando le mani sui fianchi. Appoggia la fronte contro la mia. Respira il mio profumo come se gli servisse per stare bene. È così vicino che potrei baciarlo. Lo vorrei così tanto.

«Devi.»

Sospiro, grata e felice. Appoggia le labbra sulla fronte, un contatto leggero, e in cuor mio sento che sta guarendo un po' alla volta. Un respiro alla volta. Quando si allontana il mio cuore sprofonda, ma in qualche modo resisto all'impulso di fermarlo. Mi sorride ancora una volta prima di voltarsi e andarsene. Stark lo segue, non prima di avermi fatto l'occhiolino. Dio, quel tipo è proprio strambo, ma se Grey si fida di lui devo farlo anch'io.

«È andata bene.» Blake sorride raggiante.

Annuisco. È andata bene, sì, e sono immensamente felice perché so che c'è speranza. So che tornerà da me.

Capitolo 26

Greyson

Non potevo illudermi che dopo averla vista sarei guarito del tutto. Sentirla vicina, respirare il suo profumo incredibile, sicuramente è servito alla mia anima. Ero terrorizzato da ciò che *non* avrei sentito per lei. Ho sentito tutto, invece. Tutto l'amore che esplodeva per lei, intorno a lei, dentro di me. Da quel giorno ho sentito il bisogno di entrare nella sala comune e conoscere gli altri matti. Ho ascoltato le loro storie, alcune molto tristi. In qualche modo, mi sono sentito parte del loro dolore e ho condiviso il mio. Stark continua a starmi addosso e lo

strozzerei ogni volta che alza i pollici in segno di vittoria.
È contento dei miei progressi e a volte esprime troppa
felicità. I miei genitori vengono a trovarmi, rispettando i
miei tempi. Il rancore non è andato via, non del tutto, ma
è una situazione che stiamo affrontando. Risolvere le
cose servirà a loro quanto servirà a me. Nonna Clara ha
mandato al diavolo il suo medico e, contro ogni ordine di
restare a riposo, è venuta a trovarmi. È stato meraviglioso
vederla in piedi e stare tra le sue braccia. Sentire di nuovo
il profumo di biscotti che tanto amo. Zia Isabelle ha
pianto per un'ora, mentre parlavamo nella sala comune.
Ci sono giorni in cui ho paura di cadere ancora nel buio,
quando succede mi concentro sui pensieri felici. Come ha
suggerito Stark. Il mio pensiero più felice, in questo
momento, mi guarda e cammina verso di me. Bellissima
come sempre, innamorata più che mai. Si guarda intorno
un po' agitata. È chiaro che essere qui la mette in
difficoltà, ma resiste per me.
«Ciao» dice abbracciandomi.
Sappiamo entrambi di cosa abbiamo bisogno. Il desiderio
è palpabile, ma non è ancora il momento. Anche se la
desidero più di ogni altra cosa. Il contatto fa scomparire
subito l'ansia che ogni tanto provo. Mi manca da
impazzire, ogni giorno di più.
«Come ti senti?»
«Sto bene.»

Il suo splendido sorriso, tutto per me. Parliamo di tante cose sempre con le dita intrecciate. Ho bisogno di sentirla il più possibile. Tira fuori sempre argomenti divertenti per non farmi pensare a dove mi trovo ancora. È solare, basta la sua presenza per illuminare questo posto. I capelli neri danzano intorno al viso e vorrei gridare al mondo quanto la amo. Adesso lo sento in modo diverso. Non c'è più l'angoscia, solo amore immenso per lei. Devo ancora abituarmi a questa sensazione fluida, non interrotta dalla rabbia o dalla paura. Scorre solo amore e impazienza. Voglio stare con lei, fare l'amore, sentire ogni centimetro del suo corpo contro il mio.

«Signor King, non starà facendo pensieri sconci su di me, vero?»

Beccato.

«Non posso farne a meno.»

«Non smettere» dice sorridendo, furba.

Ecco di cosa parlano le persone innamorate. Di questa forza incontrollabile senza la quale non respiri più. La sento scorrere nel cuore, nell'anima. Domani tornerò a casa con il benestare di Stark, che continuerà a seguirmi nel suo studio. Amelia non lo sa e grazie a Blake ho organizzato qualcosa che spero le piacerà. Un modo per scusarmi di tutto il dolore che le ho causato. Sono addolorato per ciò che le ho fatto, ma adesso è dolore pulito, puro. Non ci sono distrazioni esterne. Sento le emozioni per ciò che sono, reali e potenti.

«Sembri distratto, amore mio.»

«È colpa tua, signorina Stone.»

Sospira stringendo le dita. È stanca, si vede. Non mi basterà una vita per ringraziarla per ciò che sta facendo. Per ciò che mi fa provare, ogni giorno. Mi alzo, la stringo a me.

«Passo le notti a sognare il momento in cui entrerò dentro di te. A quanto ti farò godere mentre leccherò ogni centimetro del tuo corpo. Mi implorerai di fermarmi» le sussurro all'orecchio.

So per certo che nessuno ha sentito, ma le sue guance in fiamme non sono discrete. Sono contento di farle ancora questo effetto.

«Ti odio, lo sai?» chiede imbarazzata.

«Non è vero. Mi ami e ne sono onorato.»

«Ti amo così tanto e non vedo l'ora di tornare alla nostra vita insieme.»

«Le cose cambieranno, te lo prometto» la rassicuro.

Le do un bacio veloce, qualcosa che scatena il *più* che mi terrorizzava. Quello che volevo e che per qualche cosmico motivo lei mi ha donato. La sua mano scivola discretamente sulla mia erezione. Dura solo un secondo, ma tanto basta per mandarmi a fuoco. La prenderei su questo tavolo, ora.

«Forse tu implorerai me» sussurra diabolica.

Oh sì, cazzo. Non vedo l'ora. Non ha idea di quanto sia vicino il momento in cui ci uniremo di nuovo e stavolta sarà per sempre.

«È bello vederti sorridere.»

«È bello sentire questo.»

Appoggio la sua mano sul mio petto. Il cuore batte solo per lei e questa volta è giusto. Assolutamente giusto.

Amelia

Adoro Emily e farei qualsiasi cosa per lei, anche se accettare la richiesta che mi ha appena fatto è difficile. Specialmente in questo momento, perché sa benissimo che è quasi ora di andare. L'altro giorno ho fatto tardi per via di un consulto all'ultimo minuto. Quando sono arrivata alla clinica, ho trovato Grey in stato confusionale. Era spaventato perché pensava che non sarei andata. Non voglio che si ripeta.

«Dai, solo un attimo. Blake ha detto che è importante per Grey e vuole la tua opinione.»

«Non può aspettare dopo la visita?»

«No, vuole fargli una sorpresa.»

Sospiro e mi lascio trascinare in macchina. Ho capito che siamo dirette a casa di Grey, perché Blake vuole farmi vedere qualcosa nella stanza delle simulazioni. Conto i minuti fino a quando arriviamo. Salutiamo Clara e Isabelle mentre sfornano biscotti a pieno ritmo. È bello vedere Clara in piedi senza l'ausilio delle stampelle. È raggiante di felicità quando mi abbraccia. Percorriamo il corridoio che ci porta a casa del mio ragazzo, quello che mi aspetta.

«Era ora! Ma quanto ci avete messo?» urla Blake.

Non ho intenzione di nascondere la mia irritazione. Ho caldo e sono agitata.

«Blake, smettila di fare l'idiota. Ho poco tempo.»

«Oh, sorella. Non hai idea di quanto poco tempo ho avuto io per organizzare tutto. Siete fortunati a conoscermi, davvero, perché sotto pressione divento un cazzo di genio della lampada.»

Emily sogghigna dietro di me e non capisco il perché. Questi due mi faranno impazzire.

«Andiamo, il tempo scorre.»

Mi trascinano dentro la stanza, spintonandomi. Ma che diavolo?

«Non distrarti per nessun motivo. È molto importante, sorella.»

«Ragazzi, mi fate paura.»

Sono terrificanti, insieme. Si lanciano sguardi d'intesa e se non hanno già fatto sesso, lo faranno molto presto. Blake ha lo sguardo infuocato ed Emily si morde il labbro maliziosa.

«Avremo tempo per quello, chiappette d'oro.»

Fingo di non aver sentito Blake, imbarazzata. Indica la poltrona, cioè il trono di Grey.

«Vedrai in anteprima mondiale il nuovo trailer del capitolo finale. Negli ultimi giorni il boss ha disegnato tantissimo. Grazie al cielo i farmaci non hanno alterato la sua creatività.»

Grazie al cielo, no. Era terrorizzato dagli effetti collaterali. Ci sono stati, ma adesso sta bene.

«Adesso è il creativo fuori di testa di sempre, ma più equilibrato.»

Ho pregato tanto per questo.

«Non l'ha visto neanche lui, quindi devo essere sicuro che vada bene. Diciamo che è una simulazione. Non spaventarti quando vedrai gli avatar, è solo un effetto scenico.»

Non capisco questa urgenza, ma faccio come dice altrimenti non sarò libera di andare.

«Oddio, sarà bellissimo!» strilla Emily, battendo le mani eccitata.

La confusione serpeggia nella mia testa, ormai ho rinunciato a capire le sue stranezze. Escono lasciandomi sola nella stanza buia. Parte il primo trailer sullo schermo gigante davanti a me, seguito dal secondo che ho già visto. Rimango affascinata come la prima volta. Sapere che l'uomo che amo ha creato tutto questo mi rende ancora più orgogliosa della sua splendida mente. Le immagini si fermano all'improvviso. Gli avatar prendono vita intorno a me. Guerrieri, mostri, creature che non appartengono al mondo in cui vivo. È tutto molto eccitante, lo ammetto. Il re è seduto sul trono ed è così simile a Grey che mi manca il respiro quando vedo una lacrima scendere sul suo viso devastato dal dolore. Allungo la mano per toccarlo, pur sapendo che è solo un'illusione. Tutto si muove come se io facessi parte del gioco. Si alternano combattimenti e momenti di strano caos. La battaglia è in pieno svolgimento, quando una guerriera si presenta davanti al re. La guarda con desiderio, passione e dolore in egual misura. Lei è bellissima e il cuore si riempie di gioia quando vedo che ha il mio stesso viso. Un'altra battaglia. I guerrieri combattono, così come il loro re, per conquistare l'ultimo mondo, quella che appartiene a lei. Arriva il momento in cui restano soli con le armi insanguinate e i volti stremati dallo sforzo di non cedere l'uno di fronte all'altra. Il re si inginocchia, china la testa, depone le armi. La guerriera fa lo stesso inginocchiandosi davanti a lui. Si guardano, respirano velocemente. Qualcosa di potente li unisce. Qualcosa che conosco bene.

Mi ritrovo a piangere e singhiozzare, tanto è stato intenso. Ho visto la nostra storia attraverso un gioco, come se l'avessi vissuta di nuovo. Manca solo il finale, che aspetto trattenendo il respiro. Tutto diventa buio, tranne un angolo della stanza dove c'è una scatola. Mi avvicino e la apro con mani tremanti. C'è un vestito di seta color turchese. Lo tiro fuori e quasi svengo per l'emozione. Solo un biglietto che mi invita a indossarlo. Ormai sono così confusa e provo tante di quelle emozioni, che non mi chiedo il motivo di tutto questo. Sono sopraffatta da qualunque cosa stia succedendo.

Indosso il vestito, il tessuto fresco e morbido mi accarezza il corpo come se fosse lui a toccarmi. Scende lungo i fianchi fino ad arrivare ai piedi, le spalline sottili e la scollatura generosa. È stupendo. Lo schermo si illumina di nuovo. Vedo la spiaggia e un uomo di spalle che si volta lentamente fino a rivelare il meraviglioso volto di colui che amo. Bellissimo come il primo giorno. Mi guarda come se fossi davanti a lui.

«Vuoi giocare con me?»

La domanda che ha dato inizio a tutto.

La porta si apre, esco sapendo esattamente dove andare. Corro a perdifiato raggiungendolo sulla spiaggia. So che è lì. Il mio cuore non ha dubbi. Il sole sta per tramontare quando lo raggiungo. Indossa uno smoking e penso che non sia mai stato tanto bello. Mi sorride imbarazzato. Non ha più la barba, i capelli sono un casino come sempre. Ho seri problemi di respirazione mentre mi avvicino.

«Benvenuta nel mio mondo, signorina Stone» dice facendo un inchino. «La battaglia è ancora in corso, mia guerriera, ma con te sono pronto a combattere per vivere l'avventura più straordinaria che esista.»

Il mio cervello formula mille domande al secondo. Che ci facciamo qui? Quando ha organizzato tutto questo e come? Il mio cuore invece si abbandona ai suoi occhi così adoranti, bellissimi ed eccitati.

«Manca un finale degno di nota. Mi faresti l'onore di giocare con me, per sempre?»

Chiudo gli occhi e prendo il suo viso tra le mani. Appoggio la fronte alla sua, ascolto il suo respiro, che aumenta ogni secondo di più. Ho bisogno di assimilare ogni parola per convincermi che non sia solo un sogno.

«Stark è nascosto da qualche parte per intervenire in caso di risposta negativa» sussurra serio. Adesso anche lui chiude gli occhi. «Capisco perfettamente che tu sia sconvolta dagli ultimi eventi e che ti ho trascinata nel mio inferno, ma giuro che se mi darai l'occasione di renderti

felice non te ne pentirai. Ho raggiunto un equilibrio tra ragione e follia. Tu sei il mio equilibrio, Amelia.»
Sollevo lentamente gli occhi e lo guardo. Annuisco piangendo senza riuscire a fermarmi. Il suo sorriso emozionato mi stende del tutto. Non aspetto un secondo di più, gli salto addosso letteralmente. Non è il momento delle domande. Voglio solo assicurarmi che sia davvero qui, davanti a me. Mi bacia, mi divora come se non l'avesse mai fatto ed è bellissimo sentirlo di nuovo. Tutta la passione, il desiderio, l'amore che ci ha legati a filo doppio è qui intorno a noi. Un nodo che non si scioglierà mai.
«Grazie» dice tra un bacio e l'altro.
All'improvviso si stacca per indicare la facciata principale della casa. Il patio si illumina rivelando qualcosa che fatico a capire.
Passo in rassegna i volti delle persone che amo. I miei genitori agghindati a festa. Mio padre alza i pollici, mia madre si guarda intorno interrogativa. Clara e Isabelle, strette l'una all'altra, sorridono raggianti. I genitori di Greyson emozionati per la seconda possibilità che è stata loro concessa. Emily e Blake sorridono compiaciuti per la riuscita della sorpresa. Più tardi mi inginocchierò ai loro piedi, sono stati grandi. L'ultima cosa ad essere illuminata è un gazebo sotto il quale c'è un prete. Non

voglio svenire, ma giuro che è davvero difficile mantenere l'equilibrio.

«Questa non è una simulazione» dice prendendomi per mano.

Mi conduce all'altare pieno di fiori color turchese. Sono totalmente concentrata sui suoi occhi, che mi guardano con venerazione assoluta. Il cuore si scioglie mentre pronunciamo le promesse. Quando parte l'applauso dopo i nostri rispettivi "Lo voglio" sono completamente stordita. Mi bacia e mi stringe a sé.

«Non ci posso credere. È tutto così…»

«Perfetto? Sì, lo è» risponde mordendosi il labbro. «Adesso facciamo un po' di conversazione con gli ospiti. Dopo ti rapisco e ti porto nella mia torre, signora King.»

Ho quasi paura a dirlo, ma lo faccio comunque.

«Ho bisogno di parlare un attimo con i miei genitori.»

«Andiamo.»

Mi perdoneranno di non avergli presentato mio marito prima di sposarlo? Mentre li raggiungiamo, Blake e Emily ci fermano.

«Sono così contento, per voi.»

Ci abbracciamo calorosamente.

«Potrete ringraziarmi più tardi. Sono un game designer, ma ho un futuro come wedding planner.»

«Sicuro, amico.»

Emily mi abbraccia e sono orgogliosa di averla nella mia vita. Si sono occupati praticamente di tutto e Grey ha coordinato le cose direttamente dalla clinica. Un trio diabolico. Mio marito mi lascia senza fiato, ancora e ancora. Mi bacia ogni trenta secondi, prima di parlare con i miei genitori.

«Signori Stone, è un piacere avervi qui» esordisce come un gentiluomo.

«Anche noi siamo felici di aver partecipato al matrimonio di nostra figlia con il preavviso di un paio d'ore.»

Papà cerca di apparire controllato, ma le guance arrossate lo tradiscono. Non è un vero e proprio disagio, ma sicuramente non è una situazione facile da gestire. Comincio con le presentazioni, quando mamma mi blocca.

«Stamattina tuo marito è venuto da noi. Si è presentato e ci ha chiesto la tua mano.»

Guardo Grey, interrogativa. Quando ha avuto il tempo?

«Siamo rimasti un po' interdetti, all'inizio.»

Come minimo.

«Poi sono arrivati Emily e Blake e ci hanno preso le misure per gli abiti.»

Oh, mio Dio. Avrei pagato per vedere la scena.

«Insomma» interviene mio padre, «Greyson ci ha chiesto se per noi andava bene. Noi abbiamo risposto che se per te andava bene, non c'erano problemi.»

«Io non ho detto così» interviene mamma.

«Non l'hai detto, ma l'hai pensato. Poi quando lui ti ha promesso che avremmo fatto una festa mega galattica hai ceduto.»

Greyson sorride orgoglioso, io sono sconvolta. Ha praticamente firmato la mia condanna a morte. Questo matrimonio è stato semplice, assolutamente perfetto. Non ne voglio un altro. Evito di dirlo davanti a mia madre, non voglio rovinarle la festa. Mi abbracciano, mi dicono che saremo felici e non ho motivo di non credergli. Greyson non mi dà il tempo di parlare con nessun altro. Mi trascina in casa sotto lo sguardo interrogativo di mia madre. Sì, dovrò darle un sacco di spiegazioni, prima o poi.

Le nostre lingue danzano mentre saliamo le scale e sorrido quando inciampo nel vestito. Fortunatamente lui ha i riflessi pronti e mi prende al volo.

«Quello che stiamo facendo è assolutamente contro le regole» dico mentre gli slaccio la cravatta che sembra soffocarlo.

«Il nostro matrimonio, le nostre regole. E fanculo al mondo.»

Non posso contraddirlo. Si sbarazza dei pantaloni che gli stringono l'erezione pronta a esplodere. Dio del cielo, è incredibile.

«Ti ho già detto che sei bellissima?»

«Quando hai deciso di sposarmi?»

Devo saperlo, prima che mi distragga di nuovo. Le sue mani sono ovunque su di me.

«Non so di preciso. Ti stavo pensando e mi sembrava una buona idea. Avresti voluto una cena, i fiori e tutto il resto? Non sono un tipo convenzionale, dolcezza.»

Eccolo, è tornato lo stronzo arrogante di cui mi sono innamorata.

«Ho sposato un creativo, non mi aspettavo niente di diverso. E poi è stato tutto perfetto.»

«E non hai ancora visto il pezzo forte.»

«Cioè?»

«Il sesso fantastico che faremo fino a quando ci reggeremo in piedi.»

Oh, sì. Lo desidero da impazzire. La sua camicia vola sul pavimento insieme al resto del completo. Si blocca all'improvviso guardandosi i polsi. Le bende non coprono più le cicatrici, il tatuaggio è rovinato. L'angoscia nei suoi occhi mi spaventa. Gli alzo il mento, non deve pensare a niente di negativo.

«Grey.»

Ci mette un po' a tornare da me. Sono spaventata quanto lui, ma non deve vergognarsi mai davanti a me.

«Non nasconderti da me.»

È teso e sono sicura che si stia maledicendo per aver rovinato il momento di felicità. Non ha rovinato nulla.

Dobbiamo affrontare i problemi un po' alla volta. Gli prendo i polsi, bacio l'interno con delicatezza. Sussulta quando sente le mie labbra, ma non mollo la presa.

«Questo è solo un promemoria di quello che hai affrontato e io sono fiera di te per come hai gestito le cose. Sei un uomo meraviglioso e ti amo da impazzire. Non posso cancellare il dolore che hai provato in passato, ma posso darti tanti motivi per essere felice in futuro.»

«Il futuro sarà perfetto perché tu ne farai parte, Amelia.»

Lo bacio con passione e amore. Non dovrà mai dubitare dei miei sentimenti. Facciamo l'amore come se fosse la prima volta. È veloce, frenetico e assolutamente eccitante. Le sue spinte rapide e potenti. Il mio corpo è travolto dagli spasmi mentre mette una mano sulla mia nuca venendo dentro di me, facendo godere entrambi di qualcosa che ci è mancato da impazzire. Respiriamo velocemente, trema sopra di me. Lo abbraccio. Lo amo. Lo voglio ancora.

«Mi sei mancata, cazzo.»

«Anche tu mi sei mancato.»

Gli accarezzo il viso arrossato dallo sforzo.

«Staremo bene, è una promessa.»

So che la manterrà, lo vedo nei suoi occhi. Lo sento nel suo cuore. Rimaniamo abbracciati, avvolti dal silenzio e dalla consapevolezza che andrà tutto bene. Mi sono innamorata di un uomo che crea mondi virtuali e personaggi fantastici. Non era abituato a chiedere a qualcuno di far parte della sua vita, perché pensava di non essere degno di amore. Non sapeva che chi vuole restare non aspetta il permesso, resta senza che glielo chiedi. Tutto accade per una ragione. Nessuno può giurare che sarà facile, ma prometto che ne varrà la pena perché le nostre anime hanno aspettato di riconoscersi dando vita a una misteriosa connessione. So che ci saranno momenti difficili, altri meravigliosi, non lascerò che ricada nell'oscurità. Non lo permetterò. Adesso scriveremo una nuova storia, insieme.

Ogni salita ha una discesa, io sono la sua.

Ringraziamenti

Stephen King, il mio idolo, ha scritto: "Non puoi sperare di travolgere qualcuno con la forza della tua penna, se non ci sei passato prima tu".

Ho scelto di scrivere una storia che parla di bipolarismo perché, mio malgrado, ho affrontato, e affronto ancora, questa difficile patologia, che ha colpito una persona a me molto cara. Spero, e mi auguro, di avervi fatto riflettere su molte sfaccettature che questa patologia comporta e, perché no, di aver suscitato in voi emozioni autentiche. Se sono riuscita a farlo, allora ne sono felice.

La realizzazione di questo romanzo non è solo merito mio. Non mi stancherò mai di dirlo: nessuno fa niente da solo. Quindi, concedetemi di ringraziare il mio team, i miei angeli custodi, che mi supportano ogni volta.

Grazie alla mia editor, Olga Gnecchi, per la professionalità, la cura nei dettagli e la cover meravigliosa. Sarei persa senza di lei. Ogni volta è un onore e un piacere lavorare insieme.

Grazie a Maria Biasi, Laura Gaeta, Maria Teresa Ferrario, Elisabetta Barbieri, Vera Rizzuti, Maria Scaglione.

Grazie a voi lettori che mi seguite con affetto e fiducia.

Questo romanzo è dedicato a chi ha affrontato la tempesta e ne è uscito più forte di prima.

Grazie.

L'Autrice

SIMONA BURGIO è nata a Messina nel 1980 e vive a Taranto. Ha pubblicato *Tempismo perfetto* (2016) e *Tempismo sbagliato* (2017) sequel e spin-off del primo; *It's only love* (2016) e *Quando meno te lo aspetti* (Butterfly Edizioni, 2018), vere e proprie commedie romance, ironiche, frizzanti e veloci. Dalla sua penna nascono i romance contemporanei *Quello che non sei* (2018), *Scritto nelle stelle* (2018), *Il bisogno che ho di te* (2019), il contemporary fantasy *Sacrificium* (2019) e la novella *Christmas Therapy* (2020).

Condivide anche su Facebook la sua passione per i libri nei gruppi di lettura *Dimensione Cultura* e *Il Sapore della Lettura* di cui è amministratrice.

Moglie e madre di due splendide bambine, definisce la sua famiglia: *il mio mondo delle meraviglie*. È convinta che vivere con un sorriso sia il modo migliore per affrontare i piccoli e grandi problemi della vita.